Jochen
Schimmang

W0355052

Altes Zollhaus, Staatsgrenze West

Roman

Edition
Nautilus

Edition Nautilus GmbH
Schützenstraße 49 a · D-22761 Hamburg
www.edition-nautilus.de
Alle Rechte vorbehalten
© Edition Nautilus GmbH 2016
Originalveröffentlichung
Erstausgabe März 2017
Umschlaggestaltung: Maja Bechert, Hamburg
www.majabechert.de
Druck und Bindung: Beltz Bad Langensalza
1. Auflage
ISBN 978-3-96054-035-9

All dies muss als etwas betrachtet werden,
was von einer Romanfigur gesagt wird.
Roland Barthes

1 Granderath

Jetzt habe ich es geschafft; jetzt bin ich *der alte Spinner vom Zollhaus.*

Das hörte ich heute in meinem Rücken, als ich im Ort einkaufte. Da hatte jemand versehentlich etwas zu laut gesprochen, denn die Bemerkung war nicht an mich adressiert, nicht aggressiv, keineswegs als Beleidigung gedacht, die mich hinterrücks erreichen sollte. Eher schwang Respekt darin mit.

Den Roman *Das Sonja-Komplott*, der mir letztendlich diese komfortable Position ermöglicht hat, habe ich nicht selber geschrieben, auch wenn auf allen Ausgaben ziemlich groß – zu groß für meinen Geschmack – mein Name prangte und es auch im Abspann des Dreizehnteilers, den das Fernsehen daraus später gemacht hat, immer hieß: *Nach Motiven des Romans »Das Sonja-Komplott« von Gregor Korff.* Ich bin nie in meinem Leben Romancier gewesen. Der Verfasser war ein gewisser Z., dessen Klarnamen ich auch heute nicht enthüllen möchte, obwohl er tot ist. Z. war Bonner Korrespondent einer norddeutschen Regionalzeitung gewesen und hatte die Ostverschiebung in den neunziger Jahren nicht mehr mitgemacht, sondern war in Bonn geblieben. Einige Jahre, nachdem Sonjas wahre Rolle aufgeflogen war und ich gehen musste, erzählte ich ihm die Geschichte in allen Einzelheiten, und Z. machte innerhalb eines halben Jahres einen Achthundertseitenklotz daraus, einen Politthriller mit sämtlichen Geheimdiensten dieser Welt, mit kaltblütigen Morden, Intrigen, Ministerstürzen und allen Arten von Verrat, nicht zu vergessen der Liebesverrat. Sein Held, ein Mann namens Norbert Sethe, durchlebt die absurdesten Abenteuer, und es ist ein Wunder, dass er sie, eingekeilt zwischen BND, Mossad, CIA, MI6 und anderen Monstern, alle überlebt. Aber das muss er, weil Z. ihn zum Ich-Erzähler seiner Geschichten macht. Lauter Geschichten, die ich mir nicht hätte ausdenken können, denn *ich habe keine Phantasie,* wie Proust zu seiner Haushälterin sagte. Ich habe an dem Manuskript dann lediglich stilistische Korrekturen vorgenommen und die größten Peinlichkeiten oder Unwahrscheinlichkeiten gestrichen. Auf den Gedanken, selbst ein Buch zu schreiben, wäre ich nie gekommen, denn *ich verabscheue den Trieb, der das Papier ununterbrochen mit seinen Produkten bedeckt.*

Als er einen Verlag gefunden hatte, in Zürich, war es Z.s Idee, dass ich meinen Namen als Verfasser hergeben sollte, weil er sich davon mehr Erfolg für das Buch versprach. Vielleicht hatte ihn auch der Verlag dazu gedrängt. Z. schien die Verkaufschancen des Romans nicht allzu hoch einzuschätzen, weil er dann doch keine Beteiligung, sondern einen gut dotierten Buyout-Vertrag wollte. Wie viel er bekommen hat, weiß ich nicht, aber auf jeden Fall war sein Pauschalhonorar eher bescheiden, gemessen an dem, was sein Machwerk ihm an Autorenhonoraren eingebracht hätte und nun mir zugefallen ist. Immerhin hat er von dem schnellen Geld dann noch etwas gehabt, bevor er ein Jahr nach Erscheinen des Buches während eines Unwetters im Siebengebirge von einem Blitz erschlagen wurde.

Der Erfolg des Buches ist bekannt. Er hat niemanden mehr überrascht als mich, der ich angeblich sein Autor bin. Das erste Jahr nach dem Erscheinen war etwas anstrengend, weil ich ständig auf Buchpräsentationen anwesend sein und sogar vorlesen musste. Dabei habe ich *mein Buch* nie ganz gelesen, weil es mir einfach zu dick war. Das fiel jedoch nie auf, weil die Fragen auf diesen Veranstaltungen in der Regel weniger literarischer Art waren, sondern sich auf meine ehemalige Tätigkeit als Ministerberater bezogen. Und wenigstens den Sonja-Strang der Handlung kannte ich ja gut, weil ich ihn in den Grundzügen selbst erlebt und erlitten hatte. Ein paar Jahre nach meinem fünfzigsten Geburtstag aber konnte ich, wie es sich nur wirklich bedeutende Autoren erlauben können, erklären, dass ich *keine Veranstaltungen und Lesungen mehr mache*, und mich als Privatier niederlassen.

Aber ich sollte zunächst von dem Traum von heute Morgen erzählen. Meine Erinnerungen daran nach dem Aufwachen waren außergewöhnlich scharf – und hell. Hell, während meine sonstigen Traumerinnerungen eher trübgrau, bestenfalls milchig sind und sich auf wenige Bruchstücke beschränken, wie bei den meisten Menschen. Als ich meine Analyse machte, damals in Köln, versorgte ich meinen Analytiker nur spärlich mit Träumen, und um überhaupt brauchbares Material zu liefern, musste ich sie meistens kräftig mit Bildern und Verbindungsgliedern anreichern, die ich vermutlich gar nicht geträumt hatte. Er war ein sympathischer Mann, und ich wollte ihn nicht enttäuschen.

Heute Morgen nach dem Erwachen dagegen, es war kurz vor halb neun, waren alle Bilder sehr präsent, und ich fühlte mich merkwürdig erfrischt. Geträumt hatte ich anscheinend von Europa und Deutschland in den Grenzen von 1988. An den Grenzen, auch und gerade an der innerdeutschen, herrschte jedoch nicht jene dumpfe, depressive Stimmung der Bedrohung und der Angst, die ich damals noch gut kennengelernt habe. Die Übergänge – oder der Übergang, ich war in meinem Traum eindeutig am vertrauten Punkt Helmstedt/Marienborn und reiste als Transitler nach Westberlin – sahen noch ebenso aus wie früher, aber die Atmosphäre war viel entspannter. Es schien so etwas wie eine allgemeine Erleichterung auf allen Seiten zu herrschen. Wie damals gab es den Blick in den Pass, dann den Blick auf mich, den Blick in den Pass, dann auf mich, in den Pass, dann auf mich, dreimal, viermal oder öfter, bevor der Pass zurückgereicht und ich zur Weiterfahrt aufgefordert wurde. Aber das Ganze schien diesmal eher ein Spiel zu sein, und das Herz klopfte einem nicht im Halse wie früher. An Selbstschussanlagen mochte man hier nicht mehr denken.

Auch beim Transit selbst hatte sich einiges geändert. Die Straßen waren in einem wesentlich besseren Zustand, und an den Tankstellen gab es kein Minol, sondern westliche Markenbenzine. Der Rasthof *Magdeburger Börde* dagegen sah so aus wie damals, und es gab dort auch wieder einen Intershop. Auch die Volkspolizei, deren Wagen hier und da am Rand der Transitstrecke oder halb verborgen auf kleinen Parkplätzen standen, trug die bekannten Uniformen von damals. Es fehlte auch nicht an der bewussten Brücke die Aufschrift *Plaste und Elaste aus Schkopau*, stark verblasst. Die sozialistischen Parolen von früher sah man allerdings jetzt nicht mehr an der Strecke. Dafür las ich kurz vor dem Hermsdorfer Kreuz *Wir sind das Volk!*, aber dies war die einzige ernsthafte Drohung, der ich auf meiner Fahrt begegnete.

Die Erleichterung, die ich zu spüren meinte, schien daher zu rühren, dass man übereingekommen war, einander auf umgängliche Art in Ruhe zu lassen. Man wickelte den notwendigen Austausch ab, wesentlich freundlicher als früher, aber die eine Seite musste nicht irgendwelche Standards erreichen und sich anpassen, und die andere musste sich nicht mehr bemühen, zu verstehen, was in den Köpfen der Anderen vor sich ging. Ich hatte so wenig wie damals ein Bedürfnis, von der Strecke abzuweichen und mit irgendwelchen Bürgern des anderen Staates ins Gespräch zu kommen, obwohl das jetzt nicht mehr explizit verboten schien. Dieses ganze Gebiet machte nun eher den Eindruck eines Reservats als eines Staates, eines Reservats allerdings, dessen Bewohner es wie damals nur mit Genehmigung verlassen durften. Die Stadt Leipzig, das meinte ich einem Schild unterwegs entnehmen zu können, hatte darin einen halbautonomen Sonderstatus. Dass mein Traum keine Rückkehr in die Vergangenheit, keine leicht verschobene Reminiszenz war, merkte ich daran, dass ich selbst ganz deutlich kein junger Mensch mehr war, sondern mein jetziges Alter hatte, dass ich also auch während der Traumzeit der alte Spinner vom Zollhaus blieb, hier an der Staatsgrenze West.

Die alte Grenzstation Granderath, die ich heute bewohne, entdeckte ich sechs Jahre, nachdem *Das Sonja-Komplott* erschienen war. Gerade waren die ersten Folgen der Fernsehadaption gelaufen, die den selten dämlichen Titel *Im Visier der Dienste* trug. Ich kam aus Amsterdam zurück. Auf der deutschen Seite der Grenze benutzte ich nicht mehr die

Autobahn, sondern fuhr hinter Emmerich den Niederrhein auf Bundesstraßen hinunter und bog dann südlich Kevelaer auf eine noch kleinere Straße ab. Dort fand ich einige Kilometer nordwestlich von Straelen das unmittelbar an der Grenze gelegene Örtchen Granderath, von dem ich nie zuvor gehört hatte, im Grunde nicht mehr als ein Straßendorf mit Ausfransungen in die ehemaligen Felder zu beiden Seiten. Am Ende der Hauptstraße stand tatsächlich ein altes Zollhaus, ein Klinkerbau, an dem die Bundesanstalt für Immobilienaufgaben, von deren Existenz ich in diesem Moment zum ersten Mal erfuhr, annoncierte, dieses Haus stehe zum Verkauf.

Ich will nicht die Unzahl der Telefonate und sonstigen Gespräche, die Notartermine und den umfangreichen Schriftwechsel mit der BImA hier anführen, der nötig wurde. Diese Anstalt, deren Sitz sich praktischerweise in Bonn befand, war gerade erst vor einem Vierteljahr gegründet worden, als Nachfolgerin der Bundesvermögensverwaltung, und musste sich selbst noch finden.

Dabei hätte alles schnell über die Bühne gehen können, weil ich beim geplanten Erwerb dieses Hauses keinerlei Konkurrenten hatte und der Preis lächerlich gering war. Aber es waren zunächst einmal innerhalb der Behörde die zuständigen Leute zu finden; es musste geklärt werden, ob ich an dem Haus nach meinem Gutdünken Um- und vielleicht sogar Anbauten ausführen lassen konnte, und plötzlich schien es, obwohl man mir das nie im Klartext sagte, ein Problem zu sein, dass ich vor anderthalb Jahrzehnten das Opfer einer Inoffiziellen Mitarbeiterin der Stasi gewesen war. Nur an meiner Solvenz gab es keinen Zweifel. Dort also, wo ich wirklich Hochstapler war, als angeblicher Autor des Romans *Das Sonja-Komplott*, erschien ich der Anstalt am seriösesten.

Es dauerte demnach noch ein ganzes Jahr und einen Regierungswechsel, bis ich im Frühjahr 2006 zum ersten Mal in meinem Leben Wohneigentum erwarb, und noch ein weiteres, bis ich nach den Umbauten in dieses Wohneigentum einziehen konnte.

Und es dauerte beinahe weitere zehn Jahre, bis ich für die Granderather der alte Spinner vom Zollhaus wurde. Vertrauen muss man sich hart erkämpfen. Solange man sich nicht ein so freundliches Attribut wie das genannte verdient hat, das einem mit der Harmlosigkeit zugleich eine Art Zugehörigkeit bescheinigt, solange bleibt man draußen und hat das Misstrauen gegenüber dem Fremden nicht besiegt. Mit meinem Namen verbanden die Granderather nichts als das Gerücht, dass ich aus Bonn gekommen war und ziemlich begütert sein musste, auch wenn sie wussten, dass ich das Haus selbst zu einem lächerlichen Preis gekauft hatte. Aber die Umbauten! Zwar konnte keiner Genaues darüber wissen, weil alle Handwerker, die daran beteiligt waren, nicht aus dem Ort kamen. Aber Geld muss man reinstecken, das weiß man ja, und wer das kann, der hat's auch. Woher es kam, wussten sie nicht. Selbst wenn sie *Im Visier der Dienste* gesehen hatten, lasen sie im Abspann ganz sicher nicht den Hinweis *Nach Motiven des Romans »Das Sonja-Komplott« von Gregor Korff*, zumal ich, als die Serie lief, hier noch gar nicht wohnte. Und selbst wenn einer im Ort sogar den Roman gelesen hat, was nicht auszuschließen ist, verbindet er den Namen des Verfassers nicht mit dem

Gregor Korff, der dort in der alten Grenzstation haust. Sie kennen mich nur vom Einkaufen in einem Minisupermarkt mit Postagentur, der in diesen Tagen schwer um sein Überleben kämpft, und vom Tanken am Ortsrand. Schon meine Bankgeschäfte musste ich ja von Anfang an in Straelen abwickeln, weil es in Granderath seit Jahren keine Bankniederlassung mehr gab. Und Besuch aus dem Ort habe ich in all den Jahren bis heute nur von Martin Taubert bekommen.

Martin Taubert ist inzwischen neunzig Jahre alt. Er hatte allen Grund und alles Recht, mich in meiner neuen Behausung aufzusuchen, denn sie ist in anderer Gestalt über vierzig Jahre lang sein Arbeitsplatz gewesen. Er ist kurz nach dem Krieg in den Zolldienst eingetreten und bis zum Ende seiner Dienstzeit in der Grenzaufsicht in Granderath tätig gewesen. *Grenzaufsicht, Grenzaufsichtsdienst, zollamtliche Überwachung, Zollkommissariat, zollrechtliche Grenzsicherung, Mobile Kontrollgruppe*: lauter Wörter, die ich durch Martin kennengelernt habe, für ihn exakte, genau definierte Fachtermini, in meinen Ohren, je öfter ich sie hörte, die reine Poesie.

Martin klingelte ein halbes Jahr, nachdem ich eingezogen war, an meiner Haustür, an einem nasskalten Novembertag mit heftigem Westwind. Er ist viel größer als ich und sah naturgemäß auf mich herab, als ich öffnete. Er ist immer noch hager, mit sehr großen, kräftigen, dabei schmalen Händen, von denen er mir die rechte entgegenstreckte und bat, eintreten zu dürfen, draußen sei es kalt und stürmisch, und er habe hier mal gearbeitet. Als ich ihm das umgebaute Haus zeigte, die langgestreckte ehemalige Grenzstation

Granderath, bekam ich nicht heraus, ob sein jeweiliges kurzes Nicken beim Betreten der einzelnen Räume zustimmend oder missbilligend war, oder ob er sich einfach jeweils die frühere Gestalt und Aufteilung der Räume ins Gedächtnis rief. Später erzählte er mir, ihm sei damals besonders aufgefallen, wie viel Platz jetzt in den einzelnen Räumen gewesen sei, und er habe die ganze Zeit nach seinem alten Stahlschreibtisch gesucht. Ich habe mich in der Tat bemüht, die Wohnung möglichst leer zu halten. Was er allerdings nicht gesehen hat, ist der kleine Schuppen hinterm Haus, in dem ich alle Relikte meiner Vergangenheit aufbewahre, von denen ich mich bis jetzt nicht trennen konnte, eingeschlossen die Belegexemplare der einzelnen Auflagen des *Sonja-Komplotts*, sowohl im Hardcover wie im Taschenbuch. Selbstverständlich stehen hier auch noch jene obligatorischen zwei Kartons, die nach jedem Umzug ein Jahr, fünf Jahre, acht Jahre lang nicht ausgepackt und schließlich eines Tages im Sperrmüll entsorgt werden. Dieser Schuppen, den ich mir von einem holländischen Handwerker habe anbauen lassen, ist mein Giftschrank. Ich betrete ihn nur selten.

Martin wohnt am anderen Ende von Granderath, kurz vor der Tankstelle und gegenüber dem Friedhof. Er wollte so viel Abstand wie möglich von seinem alten Arbeitsplatz, nicht, weil er seine Arbeit nicht gemocht, sondern weil er sie geliebt hatte. Bei seinem ersten Besuch tranken wir Tee, und ich lud ihn ein, jederzeit wiederzukommen.

»Sie werden mich nie stören«, sagte ich. »Ich habe nichts zu tun.«

»Granderath hat von der Grenze gelebt«, sagte Martin Taubert, bevor er ging. »Jetzt, wo es sie nicht mehr wirklich gibt, wird auch Granderath eines Tages verschwunden sein.«

2 Nomade

Eigentlich hatte ich meinen Ort schon Anfang der Achtziger gefunden, als es mich nach Bonn verschlug, und ich hatte ihn spätestens verloren, als ich aus der Politik rausgeflogen war und auch mein Vertrag an der Frankfurter Uni nicht mehr verlängert wurde. Nachdem mein Vermieter mich endlich aus meiner Wohnung in der Bonner Südstadt vertrieben hatte, verzichtete ich darauf, diesen Ort länger zu verteidigen. Von meinem Besitz verkaufte ich das Meiste, sicher unter Wert – ich bin kein Geschäftsmann, sondern ein ehemaliger Staatsdiener –, den Rest lagerte ich ein. Das Möbel, das mir am liebsten war, den kleinen Schreibtisch aus der Wiener Werkstätte, wollte ich meinem Freund Uli Goergen schenken, Inhaber eines philosophischen Lehrstuhls an der Frankfurter Universität. Er wollte ihn aber nur annehmen, wenn er mir dafür *ein kleines Entgelt* geben dürfe. Es wäre sinnlos gewesen, auf dieser Ebene mit ihm zu streiten, denn Uli, dessen berühmtester Satz das unter Freunden so oft gehörte *Ich kann nur Ironie* war, wurde in Wahrheit von früh an von einer Zwangsvorstellung verfolgt. Da er, nach eigenen Aussagen, sein Leben lang nur Glück gehabt hatte, lebte er in der ständigen Angst, dieses Glück werde ins allergrößte Unglück umschlagen, wenn er nicht immer und überall genug davon abgab. Das *kleine Entgelt* reichte für die nächsten drei Monate, ohne dass ich meine nicht allzu üppigen Rücklagen angreifen musste, und als ich von meinem ersten Streifzug zurückkam, nach etwas mehr als einem Jahr, hatte schon der Erfolgszug von *Das Sonja-Komplott* begonnen. Die Göttin Zufall, vielleicht war sie auch nur ein Schutzengel, griff damals wieder einmal freundlich in mein Leben ein.

Ich war keineswegs elf Monate lang Woche für Woche oder gar Tag für Tag an einen anderen Ort gezogen. Ich war Nomade, aber nicht auf der Flucht. Ich fuhr eine Weile an der Loire entlang und fand schließlich für mehrere Wochen ein Zimmer auf einer ehemaligen *ferme* nahe Meung-sur-Loire. Von dort aus machte ich meine kleinen Streifzüge, die bis nach Tours führten. Abends fuhr ich nach Meung zum Essen und mischte mich mit meinem schlechten Französisch unter die Leute.

In der letzten Woche wurde ich krank und verließ kaum noch mein Zimmer. Die Wirtin kümmerte sich rührend um mich und versuchte, mich mit zu viel Essen aufzupäppeln. Als ich dann wieder auf die Beine gekommen war, war es draußen deutlich kälter geworden.

Ich floh nach Paris und konnte eine gute Woche bei meinem Freund Pierre wohnen, der mir in seiner kleinen Wohnung in der Rue de Bourgogne großzügig ein Zimmer zurechtmachte. Er hatte viel zu tun in diesen Tagen, aber abends waren wir manchmal zusammen unterwegs. Paris leuchtete in jenem Herbst noch immer vom Sieg der *Bleus* im Sommer. Von riesigen Werbeplakaten sah das ernste Gesicht von Zinedine Zidane in stillem Triumph auf die Bewohner und Besucher der Stadt hinab. Wofür damit geworben wurde, ist mir entfallen: *Zizous* so strenger wie gütiger Blick auf die Massen ließ alle Markennamen verblassen.

Nach einer Woche verabschiedete ich mich. Im gesamten Jahrzehnt meines Nomadentums habe ich immer wieder solche Kurzbesuche bei Freunden und Bekannten gemacht, selbstverständlich auch in Deutschland. Ulrich Goergen und seine Frau Barbara haben mich in diesen Jahren sehr oft beherbergt; ich war dort jederzeit willkommen und konnte auch länger bleiben. Ich starb also nicht an zu viel Alleinsein, sondern gehörte eher zu den *Gyrovagen*, jener vierten Art der Mönche, von denen es in der Regel des heiligen Benedikt heißt: *Ihr Leben lang ziehen sie landauf und landab und lassen sich für drei oder vier Tage in verschiedenen Klöstern beherbergen. Immer unterwegs, nie beständig, sind sie Sklaven der Launen ihres Eigenwillens und der Gelüste ihres Gaumens.* Die Benediktinerregel hatte ich an dem Tag gekauft, als ich meine leergeräumte Wohnung in der Bonner Kurfürstenstraße endgültig verließ und mich auf den Weg machte, und die bösen Sätze, mit denen der heilige Benedikt auf mich, auf meinen Eigenwillen und meine Gaumengelüste zeigte, las ich ausgerechnet in Paris am frühen Abend, bevor ich mit Pierre ein letztes Mal essen ging.

Am nächsten Morgen machte ich mich auf den Weg nach Norden, und gut vier Stunden danach war ich angekommen an meinem heimlichen Ort, meiner spröden, verhärmten Geliebten unter den Städten, von der niemand nichts weiß.

3 Bleu de Mer

An diesem Ort blieb ich den ganzen Winter.

Seitdem ich 1982 nach Bonn gekommen war, ins Herz der Macht, wie mein Chef sich entgegen seiner sonstigen Redeweise damals etwas blumig ausdrückte, hatten mich meine kleinen Fluchten am Wochenende oder in ganz kurzen Urlaubszeiten immer wieder dorthin geführt. Ostende kannte ich lange nur von der Fähre nach und von England, angefangen mit meinem ersten Besuch in London 1966. Dann, in den späten Siebzigern, damals arbeitete ich noch in Speyer, verpasste ich einmal eine Fähre und musste übernachten. Es war schon Oktober, aber noch hatte alles geöffnet, und als ich nach dem Essen an der Albert-Promenade am Meer entlangging, das sich zwar im Dunkel versteckte, aber gut zu hören war, und dann durch die Straßen des Zentrums – auf der anderen Straßenseite einmal angetrunkene, grölende Engländer, dann aber wieder überraschend stille Ecken –, dachte ich, die Stadt sei vielleicht einen längeren Aufenthalt wert, in der Vor- oder Nachsaison womöglich, in einem kleinen Hotel, das nicht unbedingt Meerblick haben musste, und abends Muscheln in einem der Restaurants an der Promenade: *Moules frites, Moules à la Crème, Moules marinières* und so weiter.

So ist es auch gekommen, das erste Mal 1983 und danach immer, wenn es sich ergab. Verlängerte Wochenenden,

Kurzurlaube, Karnevalsfluchten. Keinem meiner Freunde habe ich je davon erzählt, und ich wäre lange nicht auf den Gedanken gekommen, Sonja nach Ostende mitzunehmen, bis auf dieses eine Mal, bevor sie endgültig verschwand. Aber ich war dann im letzten Moment nach Knokke abgebogen, wo wir das Wochenende verbrachten, und hatte mein Geheimnis bewahrt. Selbst in dieser Phase schlimmster Verfallenheit, als ich kurz davor stand, sie heiraten zu wollen, mochte ich Ostende nicht mit ihr teilen.

Ich konnte sie mir auch nicht im Hotel Louisa vorstellen, das ich bei meiner damaligen, durch die verpasste Fähre erzwungenen Übernachtung entdeckt hatte und dem ich treu blieb.

Kam ich nach Ostende, kam ich auf eine Art und Weise nach Hause wie an keinen anderen Ort der Welt. Dabei hatte ich von früh an ein großes Talent, schnell zu Hause zu sein; vielleicht ist das mein größtes Talent überhaupt. Auch der Nomade, gerade er, braucht die Orte, an denen er jeweils zur genau richtigen Zeit zu Hause ist.

Aus dem Journal meiner Tätigkeiten in Ostende, seit damals:

Am frühen und am späten Abend über den Strand laufen, vor und nach dem Essen. Am frühen Abend unter vielen Menschen, die alle hungrig werden wollen, wobei bekanntlich nichts so sehr hilft wie Seeluft. Am späten Abend oft allein oder nur mit wenigen Anderen, vermutlich Einheimische.

Auf einer Bank am Kai in der Spätsommerwärme in einer deutschen Zeitung über den Tod von Georges Simenon lesen.

Mit dem Hotelier sprechen, mit Kellnerinnen, Verkäuferinnen. Kurze, zielgerichtete, in der Regel freundliche Dialoge, die zu keiner weiteren Beziehung führen.

Ein blau-weiß gestreiftes Sweatshirt mit der großen Aufschrift *Bleu de mer* und ein marineblaues T-Shirt mit dem gleichen Text kaufen, im atlantischen Küstensommer, als seien wir womöglich an der Côte d'azur.

Im Hotelzimmer im Fernsehen die Sportschau sehen und mich, weil in Deutschland niemand weiß, wo ich gerade bin, fühlen wie Rumpelstilzchen.

An einem Julitag aus sicherer Entfernung und mit gezügeltem Begehren ein Geschöpf am Strand liegen sehen, fünfzehn bis siebzehn Jahre, allein auf einer Decke, ab und an zuckend im Halbschlaf.

Den Möwen zusehen und zuhören, unter deren strengem Blick und unter deren mahnenden Rufen ich mich bis heute fühle wie damals auf der Couch meines Analytikers.

Früh und tief schlafen, wie nur an der See. Alle Jahreszeiten hier gewesen und auch einen Sturm erlebt, an einem Herbstmorgen im Wintergarten eines Restaurants, *dort, unter einzelnen, ruhigen Gästen, saß ich hinter den großen, nassen*

Scheiben mit meinen Croissants und schaute ins näherkommende Meer.

Nicht einen einzigen Augenblick jedoch habe ich jemals daran gedacht, mich in Ostende niederzulassen. Ich wusste, dass ich nur als Fremder hier zu Hause sein würde. Das Versteck Ostende schützte mich nur so lange, wie ich mich nicht ansiedelte. Aber in meinem ersten Nomadenjahr, in jenem November, als ich hier ankam, nutzte ich die Gelegenheit, um mich in einem köstlichen Halbzuhause niederzulassen, in diesem Appartement im sechsten Stock eines hässlichen Hochhauses an der Promenade, in dieser Stadt, die niemand schön nennen wird, der bei Sinnen ist.

Was ist ein Halbzuhause? Ein Ort, an dem man sich wohlfühlt, und den man, wenn die Zeit gekommen ist, ohne Schmerz verlassen kann.

4 Blitze über der Biskaya

Schon früh, noch als Kind, hatte ich das Talent zum Alleinsein. Ich lebte zwar mit meinen Eltern unter einem Dach, aber meist in einer gewissen Entfernung von ihnen, oder sie von mir – das habe ich nie herausgefunden. Mein Bruder, sechs Jahre älter als ich, lebte in einer anderen Entfernung. Als ich sechs war, kam er wegen einer Erkrankung für zwei Jahre in ein Sanatorium sehr weit weg, im Schwarzwald. Meine Eltern besuchten ihn dort regelmäßig, einmal kam ich mit. Ich erinnere mich an zwei wichtige Erlebnisse während dieses Besuches. Hier gab es den ersten Grenzübertritt meines Lebens, denn wir fuhren einmal für ein paar Stunden bei Waldshut in die Schweiz hinein. Ich war erleichtert, als wir es schafften, ohne Probleme wieder zurückzukommen. Ich hatte mir das schwerer vorgestellt. Noch wichtiger war eine Begegnung in einer Kirche in irgendeinem der Örtchen der Gegend, vielleicht St. Blasien. An diesen Namen erinnere ich mich. Es kann aber auch gut in St. Georgen gewesen sein. Über einem Altar sah ich als lebensgroße Skulptur Gott thronen. Gott trug einen blauen Mantel mit einem goldenen Revers und goldenen Bündchen, und natürlich hatte er einen Bart. Das war das erste Bild von Gott, das ich sah, und meine Gottesvorstellung hat dieses Bild bis heute nicht überschritten.

Mein Talent zum Alleinsein entwickelte ich während der Schulzeit weiter und konnte darauf zurückgreifen, wann immer es nötig war. Dabei war ich bei der Mehrzahl meiner

Mitschüler beliebt, hatte von Anfang an Zugang zu gleich mehreren Cliquen, die ich gleichsam besuchte und aus denen ich mich zurückzog, wenn ich nicht mehr konnte. Wenn ich keine Lust mehr hatte.

Das geschah oft. Wenn Gruppen zu groß wurden und zu lange zusammensaßen, langweilte ich mich sehr schnell, und so ist es bis heute geblieben. Zwei oder drei Menschen – mich selbst mit eingerechnet –, sind die ideale Größe fürs Zusammensein. Der Vierte ist schon einer zu viel, und je länger das Zusammensein dauert, desto tiefer sinkt das Niveau, das Gespräch versandet in Gemeinplätzen, blöden Sprüchen, Insiderjokes. Ums Niveau geht es mir aber nicht, ich muss mich nicht ständig auf dem Hochplateau bewegen. Es geht mir um die Langeweile. Viele Leute auf einem Haufen – Familienfeiern, Geburtstage, Jubiläen bezeugen das zur Genüge – sind über kurz oder lang fade und deshalb anstrengend. Zwei oder drei, wenn sie passen, können lange miteinander sein, ohne dass es öde wird. Sogar miteinander schweigen können sie, ohne sich zu langweilen. Vier können das nicht mehr.

Ohne dieses Talent hätte ich meine Nomadenjahre nicht durchstehen können. Ich war unterwegs, an niemanden gebunden, an keinen Ort und keine Aufgabe. Ich hatte nur zu leben, und das ist gefährlich.

Man entwickelt Techniken. Man achtet darauf, dass man jeden Tag wenigstens ein paar Alltagsdialoge führt. Manchmal ergibt sich ein längeres Gespräch. Einmal, in Biarritz an einem Sommerabend, als ich draußen vor einem kleinen Restaurant saß und aufs Essen wartete, kam eines dieser plötzlichen Biskaya-Unwetter auf. Es begann mit dem großen Wind, der auch unter die Sonnenschirme griff und sie wegzufegen drohte, dann zuckten die ersten grellen, fast gelben Blitze über dem Atlantik. Da hatten alle schon ihre Getränke gepackt und waren nach innen gestürmt, während das Personal draußen schnell die letzten Sonnenschirme zusammenklappte und auf den Boden legte. Drinnen wurden die Tische noch enger aneinandergerückt als ohnehin schon üblich, und mit ihnen auch die Gäste. Man genoss das Gewitter, den für diese Region eher kleinen Sturm, das Feuerwerk der Blitze; die Stimmung war ausgelassen. Man fühlte sich erfrischt und belebt nach dem langen, heißen, dösigen Sommertag. Ich unterhielt mich ein wenig mit dem Paar neben mir, Ende vierzig, Pariser. Sie kamen jedes Jahr hierher, und ich? Ich war zum ersten Mal hier. Gefiel es mir? Es gefiel mir sehr, wie ich überhaupt gern in ihrem schönen Land war. Das machte sie stolz auf eine beinahe schon dümmliche Art. Dann hatte sich das Unwetter ausgetobt, ein paar Nachwehen noch; eine Stunde später war das Lokal leer. Ich hatte mich an die Theke verzogen und trank noch einen Wein, und als auch ich bezahlen wollte, fragte die Frau hinter der Theke, als sei sie tief enttäuscht:

»Déjà?«

Hätte da etwas passieren können? Manchmal, in anderen Orten, ist etwas passiert, darüber hier weiter kein Wort. Die Zeiten von Gregor Korff, Frauenliebling an der Deutschen Hochschule für Verwaltungswissenschaften in Speyer, waren jedoch lange vorbei.

Wenn das Alleinsein zu riesig, wenn es zur lebensgefährlichen Göttin Einsamkeit wurde, handelte ich schnell; auch das gehörte zu meinen erworbenen Techniken. Ich hatte meine Fluchtpunkte. Es war einer dieser Fluchtpunkte, von denen ich zurückkehrte, als ich das Zollhaus in Granderath entdeckte. Ich hatte einen Ort gefunden, und wenn ich später auch Martin Tauberts Prophezeiung hörte, dieser Ort werde eines Tages verschwunden sein, bin ich doch davon überzeugt, dass er mich noch überleben wird.

5 Früher war es so, dann war es so

Dass ich die bewussten Sätze über den alten Spinner hörte, als ich *im Ort einkaufte*, klingt ein wenig so, als wohnte ich weit draußen, allein wie ein Anachoret, wie der heilige Benedikt einen solchen Mönch nennt, *vorbereitet für den Einzelkampf in der Wüste.* Nichts ist falscher. Die letzten Häuser von Granderath vor der Grenze beginnen gerade dreißig Meter ortseinwärts von meiner Station entfernt, und wenn ich aus der Tür trete und mich nach links wende und nach einigen Schritten in Holland bin, findet sich auch dort naturgemäß eine aufgegebene Grenzstation, die allerdings nicht bewohnt ist und langsam verfällt. Schade, wie gern hätte ich mich einmal wöchentlich mit meinem Kollegen von der anderen Seite getroffen!

Danach schließen sich bald die Häuser des Dörfchens Tingeloo an, viel kleiner als Granderath, eigentlich nur drei ehemalige Höfe, bewohnt von offenbar wohlhabenden Leuten, prächtig herausgeputzt und strahlend weiß, dazu am Dorfrand ein Bordell. Dorthin fahren die deutschen Bewohner der Grenzregion, so, wie die Leute aus Tingeloo nach Straelen oder auch nur nach Granderath fahren, um einzukaufen, wenn sie nicht im Lande bleiben und es nach Venlo geht.

»Früher«, sagt Martin Taubert, »war das hier vermintes Gelände. Nicht wörtlich natürlich, aber weil es der kleinste

Übergang war, war der Schmuggel besonders heftig. Wir hatten nämlich immer zu wenig Leute.«

Martin schaut inzwischen ein- oder zweimal die Woche bei mir rein. Was seine Gesellschaft so angenehm macht, ist die Tatsache, dass er keine Meinungen mehr hat, und wenn er welche hat, dann äußert er sie nicht. Er schimpft nicht und hat keine Liste von Vorschlägen, was alles anders gemacht werden müsste. Von ihm habe ich irgendwann stillschweigend gelernt, dass man keineswegs auf der Höhe der Zeit sein muss und dass das nicht einmal einen besseren Überblick verschafft. Martin erzählt, und seine Erzählung lässt sich etwa so beschreiben: Früher war es so, danach war es so, und schließlich gab es die Grenzstation nicht mehr.

»Vor dem Ruhestand war ich dann noch drei Jahre in Goch. Das war mein Exil.«

Martin ist nicht in Granderath aufgewachsen, sondern in Moers, immerhin noch ein ganzes Stückchen von der Grenze entfernt. Niederrhein, aber noch nicht der richtige: Ruhrgebiet eben. Die Abstufungen sind hier manchmal sehr fein.

»Aber ich war zweiundzwanzig, als ich beim Zoll anfing, und vorher bin ich nur Schüler und in den beiden letzten Kriegsjahren Soldat gewesen.«

»Erzähl mir nichts vom Krieg«, beschwor ich ihn.

»Tue ich nicht. Diese Grenze war mein Leben, Gregor. Deshalb bin ich auch hier geblieben, als ich pensioniert wurde.«

Es hat immerhin ein ganzes Jahr gedauert, bis Martin anfing, mich zu duzen. Vermutlich hat ihn vorher der völlig unangemessene Respekt vor jemandem, der eine Karriere in Bonn und danach auch noch an der Uni hinter sich hatte, daran gehindert. Erst nach und nach hat er erfahren, was für ein schräger Vogel ich eigentlich gewesen war, und erst dann ging er zum *du* über.

Von seinen Eltern und von den Schuljahren erzählt er nichts. Sein Leben hat erst an der Grenze angefangen, in den frühen Fünfzigern; zum Beispiel, als an einem Oktobermorgen 1952 gleich drei gepanzerte Wagen zur gleichen Zeit, zwei Daimler und ein Borgward Hansa 2400, in hohem Tempo den Schlagbaum rammten, und weg waren sie.

»Das passierte in den frühen Jahren so oder ähnlich einige Male. Wenn wir sie zu verfolgen versuchten, haben sie kleine Nagelbälle rausgeworfen. Dabei war der Übergang erst zwei Jahre alt. Man hatte ihn extra neu eingerichtet, weil die Schmuggler an dieser Stelle verstärkt die grüne Grenze genutzt hatten. Ich war von Anfang an dabei, ganz frisch als Zollassistent. Das Verrückteste an der Sache war, dass ein wesentlicher Teil der Ware aus Belgien kam.«

»Belgien?«

»Ja, einen Teil des Kaffeeschmuggels, der am Dreiländereck konzentriert war, unten bei Aachen, den haben sie durch Holland nach Norden umgeleitet, bevor es nach Deutschland weiterging. Da unten wurde es immer schwieriger, die Grenzsicherung hatte in der Gegend viel mehr Personal als wir hier in unserer kleinen Klitsche, und die klügste und am besten organisierte Gruppe machte jetzt diesen Umweg. Sie hatten einen Kontaktmann in Granderath, nicht älter als ich. Später wurde aus dem Kontaktmann der eigentliche

Organisator, der Kopf der Gruppe. Der Schmugglerkönig von Granderath. Ist vor zwei Jahren gestorben, der Herr Hermanns. Seine beiden Söhne konnten studieren, und von den Enkeln ist der Heinz-Leo Rechtsanwalt in Düsseldorf geworden, der Hans arbeitet beim Finanzamt Kleve und der Herbert in Straelen in der Firmenleitung eines großen Blumenversands.«

Die Granderather, soweit sie arbeiten und nicht zu jung oder zu alt dafür sind oder sogenannte Transferleistungen beziehen, sind mehrheitlich in Straelen beim Gemüse, beim Obst oder bei den Blumen beschäftigt. Meistens ziehen sie auch dorthin, sobald ihnen ihr Arbeitsplatz einigermaßen sicher erscheint.

Martin erzählt gern von den frühen Zeiten des Grenzdiensts und des Schmuggels, die er selbst wahlweise *die romantische* oder *die heroische Periode* nennt. Später, als der Kaffee-, Tabak- und Butterschmuggel nicht mehr diese Bedeutung hatte oder überhaupt keine Rolle mehr spielte, wurde die Arbeit zwar vorübergehend weniger gefährlich, aber auch nüchterner. Es ging jetzt eher darum, Frachtpapiere und Dokumente lesen zu können und den versteckten Trick ausfindig zu machen.

»Da saß ab Mitte der Fünfziger einer in der Zollfahndung in Düsseldorf, von dem ständig neue Hinweise kamen, wie der Feind – er hat die Schmuggler immer nur den *Feind* genannt – seine Techniken schon wieder verfeinert hatte. Der war schon älter, Ende vierzig, und hatte bei den Nazis Karriere gemacht. Da war er nicht beim Zoll, sondern in der Abwehr bei Admiral Canaris, als Fachmann für gefälschte

Dokumente. Den haben sie gleich aus der Versenkung rausgeholt, als die Schmuggler immer raffinierter wurden, und er ist dann auch schnell die Leiter hochgeklettert, saß Anfang der Sechziger schon in Bonn. Du hast ihn vielleicht kennengelernt? Er war später Leitender Regierungsdirektor und...«

»Anfang der Sechziger war ich zwölf oder dreizehn Jahre alt, Martin. Da kannte ich noch nicht mal die Beatles, geschweige denn einen Zollfahnder. Als ich nach Bonn kam, war dein Mann entweder schon im Ruhestand oder tot, nehme ich an.«

Martin Taubert hat in den Erzählungen aus seinem Leben und in seiner Sicht auf die Welt weitgehend jenes schöne Stadium der Gleichzeitigkeit erreicht, das auch ich anstrebe. Mit neunzig sind die Grenzen zwischen den Stationen der eigenen Lebensgeschichte offenbar weitgehend aufgehoben. Zumindest ist keine davon wichtiger oder weniger wichtig als andere, von der unmittelbaren Gegenwart vielleicht abgesehen, die gegenüber der angehäuften Geschichte ziemlich belanglos ist. Aber die früheren Zeiten können jederzeit präsent werden, und dann leuchten sie, als sei es gerade gestern geschehen. Mit Senilität oder gar Demenz hat das nichts zu tun. Martin ist im Gegenteil ein hellwacher Geist und weiß mehr, so denke ich manchmal, als alle anderen 1141 Einwohner von Granderath zusammen, mich selbst eingeschlossen.

Dieser Leitende Regierungsdirektor jedenfalls, von dem er mir erzählt hatte, kam kurz vor seiner Pensionierung zu Fall, als sich herausstellte, dass er am Ende seiner Zeit als Zollfahnder, bevor er nach Bonn ging, die Hand aufgehalten hatte, ausnahmslos bei den ganz Großen, damit es sich auch lohnte.

»Wer an der Grenze steht«, sagte Martin, »kommt schnell mal einen Schritt vom Wege ab und gerät auf die andere Seite des Schlagbaums.«

6 Ein Schwarm Krähen

Granderath hat sich bisher nicht eingemeinden lassen. Als ich eingezogen war, bekam ich sehr bald ein Begrüßungsschreiben des Bürgermeisters, der hoffte, ich würde mich in meiner neuen Heimat – Heimat! – wohlfühlen, und in dem aufgeführt war, was man in Granderath und Umgebung alles anstellen kann. Das war natürlich ein irgendwann einmal erstelltes Standardschreiben, vorgesehen für alle Neubürger. Die Gemeindeverwaltung hat jedoch nur selten Gelegenheit, es zu verschicken, weil Granderath schrumpft, statt Neubürger anzuziehen. Vor drei Jahren ist ein Künstlerpaar im Rentenalter in ein altes Haus am Südrand des Ortes eingezogen, das war es wohl mit den Neubürgern. Genau genommen, weiß Martin, handelt es sich um einen Künstler mit seiner Frau, einer pensionierten Gymnasiallehrerin, die mit ihren Ruhebezügen für zuverlässiges Geld sorgt. Im Sommer sieht man beide manchmal im Garten Tee trinken. Sie grüßen mich sogar. Einmal hatte ich den Eindruck, sie wollten mich aufs Grundstück winken und mir eine Tasse Tee anbieten, schienen dann aber im letzten Moment zurückzuscheuen. Sie wissen sicher, dass auch ich ein Zugezogener bin. So bleiben wir füreinander ein vages Gerücht und winken uns aus sicherer Entfernung zu. Da sie mich nicht hereingebeten haben, muss auch ich sie nicht einladen, und nach wie vor bleibt Martin mein einziger Besucher.

Bis gestern. Da stand ein junger Mann aus Straelen vor der Tür, Ende zwanzig vielleicht, und sagte:

»Ich bin extra zu Ihnen rausgefahren.«

Von Straelen nach Granderath sind es knapp zehn Kilometer. Der junge Mann war mit dem Fahrrad gekommen. Dann sprach er davon, er habe ein Anliegen, jawohl, ein Anliegen, aber keine Angst, er wolle mir nichts verkaufen und nicht betteln. Ich zögerte einen kurzen Moment, vielleicht nur, um einen kleinen Abstand zu schaffen, danach ließ ich ihn eintreten. Ich hatte es schon lange nicht mehr erlebt, dass jemand etwas von mir wollte, ein völlig Fremder noch dazu.

Wir tranken Tee. Sein *Anliegen* war ein doppeltes. Erstens hatte er etwas über mich herausgefunden, wer ich nämlich einmal gewesen war, also im Herzen der Macht, um den Minister noch einmal zu zitieren. Der junge Mann hatte Politikwissenschaft studiert und arbeitete jetzt in einem Straelener Unternehmen für Webdesign. Was das eine mit dem anderen zu tun hatte, war mir nicht ersichtlich, aber ich sagte ihm gleich, dass ich keinen Internetauftritt brauchte und dass ich hinreichend, aber nicht exzessiv vernetzt sei, was enorm zu meinem Wohlbefinden beitrage.

»Auftreten«, sagte ich, »will ich auf keinen Fall, weder persönlich noch im Netz. Ich bin vor über zwanzig Jahren abgetreten; dabei bleibt's.«

Der junge Mann ließ ein kleines, nervöses Lachen hören, der Qualität meines kleinen Witzchens durchaus angemessen, und sagte, er sei keineswegs als Acquisiteur hier. Auch nicht für Die Grünen, deren Mitglied er sei und von denen er hoffe, ich würde ihnen bei den nächsten Wahlen meine Stimme geben, weil nur sie ein zukunftsgerechtes Konzept hätten. Sie hätten in dieser Gegend übrigens einen schweren Stand.

Ich ergriff die Gelegenheit zu einem weiteren kleinen Witzchen und sagte:

»Wundert mich eigentlich. Grüner als hier kann es doch gar nicht mehr werden, mit all dem Gemüse und den Blumen.«

Er lachte auch darüber sein nervöses, kleines Lachen und sagte, das Agrobusiness sei natürlich genau das Problem, aber darüber wolle er jetzt nicht reden. Er wolle hier keinen privaten Wahlkampf machen. Vielmehr sei er wegen Carl Schmitt hier.

Ich war selbst verwundert, wie rasch in mir der Unmut, ja der Zorn wuchs und wie völlig machtlos ich dagegen war.

Er schreibe nämlich, fuhr der junge Mann fort, eine Doktorarbeit zu Schmitts Theorie des Zugangs zum Machthaber, und er wisse natürlich, dass ich ein ausgewiesener Schmitt-Experte sei oder wenigstens gewesen sei, und was den Zugang zum Machthaber angehe, so hätte ich da ja auch meine persönlichen Erfahrungen gemacht, und –

Weiter ist er nicht gekommen. Inzwischen würde ich sagen, ich war zornig, aber gerade noch beherrscht, einschüchternd, aber noch nicht gewaltbereit. Immerhin stand ich während meiner Suada auf und begann, in meinem schönen großen Salon mit den bis an die Decke reichenden Bücherregalen hin und her zu gehen, und ich sah, wie der junge Mann die Schultern hochzog und beinahe einen Buckel machte und sich zusammenkrümmte, als erwarte er jeden Moment den ersten Schlag.

Er solle mir bloß nicht mit diesem Meisterdenker kommen, fing ich an, leise noch, aber vermutlich schon mit einem leichten Beben in der Stimme. Mit diesem kleinen Ehrgeizling und Schönschreiber, der geglaubt habe, er sei dazu berufen, den Machthaber seiner Zeit zu beraten, und dann aus allen Wolken fiel, als man ihn abservierte, bevor er überhaupt richtig zum Zuge gekommen war. Dabei sei er nicht einmal in der Lage gewesen, die serbische Hochstaplerin zu durchschauen, in die er verknallt gewesen sei.

Wenn ich mich recht erinnere, war das die Stelle, an der ich aufstand und durchs Zimmer zu tigern begann, weil ich mich an meine eigene Blindheit gegenüber Sonja erinnerte.

Zu Schmitt sei ich gekommen beinahe wie die Jungfrau zum Kind, sagte ich weiter, damals sei das noch ein Thema gewesen, das ein bisschen entlegen gewesen sei, und ich habe davon ausgehen können, dass mein Prof meine Arbeit wirklich lesen und nicht nur überfliegen werde, und plötzlich hätte ich zum ersten und vielleicht einzigen Mal in meinem Leben so etwas wie Ehrgeiz entwickelt, eine Haltung, die mir ansonsten völlig fremd sei.

Bei diesen letzten Worten sah mich der junge Mann erstaunt an, das glaubte er mir nicht, aber ich fand es nicht der Mühe wert, weiter darauf einzugehen.

Die anderen Meisterdenker seien damals besetzt gewesen, erzählte ich weiter und wurde langsam lauter, und an Schmitt sei natürlich dieser pseudolakonische, pseudolateinische, pseudoklare Stil faszinierend gewesen, dazu diese eingängige Freund-Feind-Definition und die Verlockung, dass man gewissermaßen selbst entscheiden könne, wer der Feind sei, ohne wirklich Gründe dafür angeben zu müssen.

An dieser Stelle wollte der junge Mann etwas einwenden – vermutlich, dass es *nicht ganz so einfach* sei, eine Binsenweisheit, mit der man immer auf der sicheren Seite ist –, aber ich war noch nicht fertig, ich war in Fahrt, und während ich weiterschimpfte, hörte ich mir selbst erstaunt zu.

Inzwischen, sagte ich, inzwischen schreibe ja jeder halbgebildete Bacheloranwärter seinen kleinen Gedanken zu Schmitt nieder, und jede zweite fein aufgemachte Intellektuellenzeitschrift grabe eine weitere Trouvaille zu ihm aus, natürlich in einem rein epigonalen Stil, denn die Ministranten dieses Denkpriesters wollten ihm so nahe wie möglich kommen, was ihnen aber nicht gelinge, weil er ihnen dafür denn doch zu himmelweit überlegen gewesen sei und sie selbst über das Stadium des Wiederkäuens nicht hinauskämen.

Und natürlich, fuhr ich noch lauter fort, ohne weiter auf die zunehmend verängstigte Reaktion meines Besuchers Rücksicht zu nehmen, natürlich sei er nicht der einzige Denkpriester, es gebe noch genug andere, die alle ihren Ministrantenschweif hinter sich herzögen, der jederzeit für genug Weihrauchzufuhr sorge. Ich hätte, sagte ich, dieses ganze Metagequatsche satt, diesen unendlichen Sommer der Theorie, dieses Aufgeilen an noch einer und noch einer Drehung des Denkens, diese Fußnotenorgasmen. Und noch mehr hätte ich es satt, sagte ich, wenn man daraus auch noch praktische Schlussfolgerungen ziehen wolle, womöglich politische, wenn diese angegammelte Frage, ob der Mensch – *der Mensch!* – im Prinzip gut oder böse sei, wieder aufgewärmt und hin- und hergedreht werde, und wenn dann die guten und die bösen Menschen daraus noch Konzepte für die Welt entwickeln würden, Programme für die ein für alle

Male richtige Zukunft, Programme, die naturgemäß das Allerentsetzlichste überhaupt seien. *Seine* Partei sei ja Meister darin, obwohl ironischerweise gerade sie bis in alle Ewigkeit dagegen gefeit sei, einen Denkpriester, einen Meisterdenker oder überhaupt auch nur einen Denker in ihre Reihen aufzunehmen oder gar selbst hervorzubringen, dazu sei ihr antiintellektuelles Immunsystem einfach zu intakt.

Nach diesem letzten Satz, den ich gerade noch hatte zu Ende bringen können, verschluckte ich mich so gründlich, dass ich von einem schier endlosen Hustenanfall heimgesucht wurde und nach Luft schnappte, und diese Gelegenheit ergriff der junge Mann, um sehr behende aus seinem Sessel hochzufedern und mein Zollhaus blitzschnell und ohne ein Wort des Abschieds zu verlassen.

Als er gegangen, als er auf seinem Fahrrad geflohen war, fragte ich mich, ob ich nicht ein wenig voreilig gewesen war. Schließlich hatte ich den jungen Mann überhaupt nicht zu Wort kommen lassen, und vielleicht hatte er ja vor, in seiner Arbeit den alten Gnom von Plettenberg nach allen Regeln der akademischen Kunst in die Pfanne zu hauen, wie konnte ich das wissen. Ich nahm mir vor, mich bei ihm zu entschuldigen, wenn ich ihn einmal zufällig in Straelen auf der Straße treffen sollte, seinen Namen hatte ich mir leider nicht gemerkt.

Dann verließ auch ich das Haus, wandte mich nach links und ging eine Stunde in Holland spazieren. Ich winkte dem Besitzer des ersten weißen Hauses freundschaftlich zu, und er winkte zurück. Hinter Tingeloo begann freies Feld, auf dem ein Schwarm Krähen emsig bei der Arbeit war. Woher, dachte ich, woher kam denn eben diese große Wut.

7 Brücke, Garten

Martin ist seit langem Witwer, aber er ist auch Vater, Großvater und seit einem Jahr sogar Urgroßvater. Seine beiden Söhne und seine Tochter sind schon vor Jahrzehnten vor der Grenze und dem Niederrhein geflohen, nach Frankfurt (am Main), nach Stuttgart und in die Schweiz. Manchmal ist jemand aus der Familie zu Besuch, dann kommt Martin vielleicht eine ganze Woche nicht zu mir, und ich sehe im Ort, wie er zum Beispiel in das Auto eines seiner Söhne steigt und man einen Ausflug macht, diesseits oder jenseits der Grenze. Er ist so taktvoll gewesen, mich nie zu fragen, warum ich keine Familie habe, und er hat mich auch nur einmal nach meinen Eltern gefragt.

»Mein Opa war bei der Bahn«, erzählte ich ihm eines Tages, »erst bei der Reichsbahn und dann bei der Bundesbahn. Kurz nach dem Krieg – dem zweiten – ist er mitsamt einer Brücke, über die gerade ein Zug gefahren war, in einen Fluss gestürzt. Für alle war es ein Wunder, dass er das überlebt hat, aber richtig gesund ist er nicht mehr geworden. Er durfte vorzeitig in den Ruhestand und kümmerte sich um unseren Schrebergarten, und dorthin nahm er mich auf dem Fahrrad oft mit. In diesem Garten ist er auch gestorben, an einem Sonntagmorgen im Januar, allein, Herzstillstand, da war er erst sechsundsechzig, und ich war noch nicht sieben.«

Das war meine Lieblingsgeschichte aus meiner Familie. Ich war froh, so eine Geschichte erzählen zu können. Sehr viele mehr hatte ich nicht.

»Dein Lieblingsopa«, sagte Martin, »das hört man.«

»Mein einziger«, sagte ich, »den anderen habe ich nie gekannt.«

»Und wo ist das mit der Brücke passiert?«

»In der Nähe einer anderen Grenze, die es heute nicht mehr gibt. Aber vor kurzem habe ich von dieser Grenze geträumt, Martin, sogar in Farbe. Selbst das Lysol roch freundlicher als damals.«

8 Vom Reichtum

Zurück aus Berg und Tal, zurück im flachen Land.

Ich war ein paar Tage bei meinem Finanzberater. Das klingt sehr bedeutend, und es ist auch nicht falsch. Trotzdem suche ich, seitdem wir uns kennen, immer wieder einmal nach einem anderen Wort, war aber bisher mit keiner Alternative zufrieden.

Ich war also bei Manuel Hertz. Manuel hat sich vor vier Jahren eine kleine nachgemachte Bauhausvilla in die Hügel des Hochtaunus bauen lassen, an den Rand von Kronberg. Für den Preis, den er allein für das Grundstück bezahlt hat, hätte ich vermutlich mehr alte Zollhäuser kaufen können, als es an den deutschen Grenzen überhaupt gibt. Manuel hat sich dort *zur Ruhe gesetzt*, wie er immer wieder betont. Er muss das auch betonen, weil er die Aura einer ständigen, gerade noch gezügelten Nervosität, die ihn umgibt, noch immer nicht ganz abgelegt hat. *Zur Ruhe gesetzt* bedeutet zunächst nur, dass er nicht mehr als Investmentbanker für die Bank arbeitet, für die er zwölf Jahre unterwegs war, und sich jetzt stolz Privatier nennen darf, wie ich auch. Manuel ist heute fünfundvierzig, und er sagt:

»Mit vierzig musst du es geschafft haben und abhauen können, sonst bist du fünf Jahre später tot. Oder in der Edelpsychiatrie. Oder musst jeden Tag ins Fitnessstudio. Im Übrigen habe ich keine Lust, mich lebenslang beschimpfen zu lassen, weil ich Banker bin.«

Immerhin hat er Fortschritte gemacht. Selbstverständlich war ich auch diesmal Gast in seinem Haus, nicht zum ersten Mal, und ich sah, dass er länger schlief als früher und nun nicht mehr sofort nach dem Aufstehen über alles informiert sein musste. Auch machte er nicht mehr dauernd den Eindruck, als müsse er in fünf Minuten eine wichtige Entscheidung treffen. Aber noch immer spürte man die Unruhe in seinem Inneren, und eines Nachts hörte ich ihn im Halbschlaf laut aufschreien und dann wimmern.

»Ich habe wieder mal geträumt, dass ich ruiniert bin«, erzählte er am nächsten Morgen beim Frühstück, als ich ihn danach fragte.

»Absurd.«

»Nein, gar nicht absurd. Das ist bei sehr reichen Leuten ein Standardtraum.«

»Ich bin doch auch reich«, sagte ich, »ich träume so etwas nicht.«

»Du bist nicht reich, du hast ein ganz gutes Auskommen. Was Reichtum ist, davon hast du gar keine Ahnung. Und das ist dein Glück.«

Manuel habe ich gegen Ende meiner Nomadenjahre kennengelernt, kurz, bevor ich das Haus in Granderath entdeckte. Das war in Ostende an einem sehr trübgrauen Dezemberabend bei zehn Grad plus. Damals logierte ich im achten Stock eines jener monströsen Hochhäuser an der Promenade. Stürmische Tage, für diesen Abend und die Nacht war sogar eine Orkanwarnung ausgesprochen worden. Die Ostender Straßen waren reichlich leer. Die Stadt hing in einer Warteschleife. Der Weihnachtstourismus hatte noch nicht begonnen.

Ich war früh essen gegangen, nachdem ich auch diesmal den ganzen Tag in meiner Ferienwohnung verbracht hatte, wie schon die Tage zuvor. Ich hatte wenig Lust, nach draußen zu gehen und ebenso wenig Lust, überhaupt etwas zu tun; also lag ich überwiegend im Bett und sah fern, bis es mir – sehr schnell – zu viel wurde; dann döste ich einfach. Wenn ich genug gedöst hatte, schaltete ich den Fernseher wieder an. Solche Zustände der Lustlosigkeit, Langeweile und Lähmung kenne ich seit meiner frühen Jugend und weiß, dass man dagegen nicht *ankämpfen* oder *sich zusammenreißen* kann, sondern abwarten muss, bis sie vergehen. Man muss aufpassen, dass man nicht in katatone Starre verfällt oder in Mutismus, also geht man wenigstens zum Essen einmal am Tag nach draußen, um eine Bestellung aufgeben und ein bisschen sprechen zu müssen. Oder man kauft sich, wie ich es am Tag zuvor gemacht hatte, in einem Sportgeschäft vier Tischtennisschläger und ein Sechserset Bälle dazu. Beides lagert jetzt, immer noch originalverpackt, in meinem Schuppen hinterm Haus.

An diesem Abend wehte der Wind mich von der Promenade weg in eine Kneipe in der Ostender Altstadt, nur wenige Häuser von meinem früheren Hotel entfernt. Man kann dort Kleinigkeiten essen, von Calamares mit Tartar über Austern und ein sogenanntes Trappistenbrot mit Käse bis zu einem ausgewachsenen Steak. Vor allem aber kann man zwischen Hunderten von Biersorten wählen. Die Einrichtung hat jenen warmen Braunton und jene Fülle, die schon dem Eintretenden signalisieren, dass er gern für immer hierbleiben und die Welt vergessen möchte.

Es kann dort sehr voll und laut sein, war aber an diesem

frühen Dezemberabend nur schwach besucht. Ich entschied mich für das Trappistenbrot und ein passendes Trappistenbier von Westmalle; schließlich hatte ich bisher den ganzen Tag geschwiegen. Zwei Tische weiter saß ein Mittdreißiger in einem sehr feinen taubenblauen Anzug vor einem leeren Glas und starrte vor sich hin. Die Art, wie er starrte und dabei halb in sich zusammengesunken war, zeigte mir, dass er schon viele Stunden hier saß und sich über den weiteren Verlauf des Abends keine Gedanken machte. Er wurde noch einmal beliefert, während ich aß, diesmal mit einem Winterbier der Brasserie Dubuisson, denn der junge Mann versuchte wohl, in der Bierkarte so weit wie möglich zu kommen, und ich sah den leicht besorgten Blick des Wirts, als er die Flasche und das neue Glas brachte, begleitet von dem kleinen Bierhappen, der in Belgien üblich ist. Der Gast bemühte sich jedoch, sich zusammenzureißen, richtete sich leicht auf und warf dem Wirt einen irgendwie entspannten, ja freundlichen Blick zu. Dann sackte er wieder halb in sich zusammen, schien aber vom Stadium, da der Kopf auf die Tischplatte sinken würde, noch weit entfernt.

Mir war sofort klar, dass der junge Mann dort kein Gewohnheitstrinker war, sondern an diesem Abend nach und nach einen großen aktuellen Kummer ersäufen wollte. Ihm war die Welt nicht trübgrau eingefärbt wie mir in diesen Tagen, ihm war sie ein Schmerz in grellen Farben, der betäubt werden musste. Der Betäubung würde morgen unweigerlich der große Kater folgen.

Von Menschen, die offensichtlich leiden, halte ich mich in der Regel fern, weil sie mich vor passivem Mitleiden völlig hilflos machen. Aber es gab und gibt immer wieder einzelne Anlässe, bei denen dieser Schutzmechanismus aussetzt und ich nicht anders kann, als mein Mitleid aktiv werden zu lassen. Ulrich Goergen hat einmal vermutet, ich hätte nach meiner Entlassung aus der Politik vielleicht zu viel Schopenhauer gelesen, das sei aber nicht schlimm. Das war wieder einer dieser *Ich-kann-nur-Ironie*-Sätze, der, wie das Meiste von Uli, ins Schwarze traf – beinahe. Nur in der Reihenfolge, im Verhältnis von Ursache und Wirkung, täuschte er sich. Ich war schon Mitleidsethiker seit meiner Kindheit, und Mitleid ist alles, was ich bis heute von der Ethik verstehe.

Es wäre dennoch nichts weiter passiert, wenn der Gast am übernächsten Tisch nicht plötzlich mit seinem Blick an mir hängengeblieben wäre, mich fixiert und in durchaus noch verständlichem Deutsch genuschelt hätte:

»Komm mal rüber, ich geb' einen aus. Ja, du!«

Später hat Manuel mir erzählt, dass er mich sofort als Deutschen erkannt habe, woran, das wisse er nicht. Vielleicht, sagte er, weil er selbst ja nur ein halber sei, wegen seiner elsässischen Vorfahren. Und ich erzählte ihm, dass es mir ebenso gegangen und ich keineswegs überrascht gewesen sei, als ich seinen genuschelten Satz hörte. Ich fühlte mich auch nicht bedrängt, ich hatte kein unangenehmes Gefühl gegenüber dem, was jetzt unweigerlich folgen würde, ich spürte, dass jetzt wenigstens *meine* Lähmung vorbei war, und ich stand folgsam auf und kam rüber. Derlei unangestrengte Vertrautheiten gelingen vielleicht nur in solchen Lokalen mit ihrer weichen, fast mütterlichen Fülle, auch wenn die Bedienung zumindest an diesem Tag ausschließlich männlich war.

In ihren Einzelheiten musste ich mir die Geschichte

durch angestrengtes Zuhören nach und nach zusammensetzen, weil Manuel sie in der typischen Manier des Betrunkenen erzählte, der alles auf einmal sagen will. Eins begriff ich aber sofort. Ihm war das Banalste und Schmerzhafteste zugleich zugestoßen; er war verlassen worden. Das befeuerte mein Mitleiden noch einmal besonders, da es sich um etwas Bekanntes handelte. Wie bekannt das war, bekam ich erst im Laufe des späten Abends und der beginnenden Nacht heraus – die Kneipe hat bis zwei Uhr nachts geöffnet –, denn irgendwann begriff ich, dass Manuels Freundin nicht bloß gegangen war, wortlos oder im Gegenteil nach einer großen Abrechnung, einer vorwurfsgesättigten Wortkaskade, sondern dass sie einfach verschwunden war, als er sie abends zum Essen abholen wollte, und dass sie verschwunden blieb. Er hatte an ihrer Tür einen Zettel vorgefunden, auf dem es hieß, sie wohne hier nicht mehr und sei jetzt in London, und dann: *Bitte such mich nicht, es wäre nicht schön, mich zu finden.*

Immerhin mehr, als Sonja zustande gebracht hat, dachte ich und erinnerte mich daran, dass ich damals an meinem Geburtstag, als ich vor *ihrer* Tür stand, keinen Zettel gefunden hatte, sondern mir ein Flurnachbar mitteilen musste, sie sei ausgezogen. Diese Geschichte erzählte ich Manuel in diesem Augenblick nicht, auch noch nicht am nächsten Tag, als er langsam aus seinem Kater auftauchte. Ich bekam in dieser Nacht noch soviel heraus, dass er eigentlich doch nach London gewollt hatte, nicht aber wie üblich mit einem *Flieger* (Manuel benutzte natürlich dieses Wort), auch nicht mit dem Eurostar, sondern mit der guten alten Fähre nach Ramsgate, die es damals noch gab. Er konnte mir auch am nächsten Tag nicht sagen, warum er diesen Weg gewählt hatte. Ich vermute, weil er in Wahrheit Angst davor hatte, seine Freundin zu finden; schließlich hatte sie ihn davor gewarnt. Für Manuel, das habe ich später herausgefunden, sind Frauen eigentlich *aliens.* Jedenfalls war er zu spät gekommen und dann in der Kneipe gelandet, und weil er sich nicht einmal ein Hotel gesucht hatte, schlief er danach seinen Rausch im Gästebett meines Ferienappartements aus.

Das war der Beginn einer wunderbaren Verlässlichkeit. Seitdem sehen wir uns wenigstens einmal im Jahr, um meinen Vermögensstand zu besprechen. Ein paarmal hat er mich auch zu gemeinsamen Kurzurlauben eingeladen. Zwei Tage, drei Tage, höchstens vier; mehr war nie möglich, weil Manuel spätestens dann wieder von seiner Bank gebraucht wurde. Meine Versuche, mich wenigstens halbwegs zu revanchieren, wurden immer abgewehrt, und jetzt habe ich ja auch gelernt, dass ich gar nicht reich bin. In der Tat schmelzen die Bestände und Rücklagen nicht unbedingt, aber das *Sonja-Komplott* als Geldquelle sprudelt naturgemäß von Jahr zu Jahr spärlicher. Ich stehe aber nicht vor dem Ruin, wie er mir erklärt hat, und wir haben eine Strategie entwickelt, damit das so bleibt.

»Und du hast ja auch immer noch das Haus. Obwohl es nicht gerade eine Filetlage ist. Mehr was für Spinner. Irgendwann werde ich dich da mal besuchen«, sagte Manuel, bevor er zum Abschied winkte und ich mich auf den Weg durch deutsches Mittelgebirge machte. Von der Autobahn aus glänzten die Wälder lieblich in der Septembersonne, mehr ist dazu nicht zu sagen. Unten in den Tälern schien es trotzdem stellenweise nachtdunkel. Bei Koblenz wechselte ich die Rheinseite, von Bonn hielt ich mich fern. Ich wurde immer schneller, mein Auto roch schon den heimischen Stall.

Zurück in die Ebene. Links von mir drohte noch eine Weile die Voreifel, dann begann endlich das flache weite Land. Ich machte einen kleinen Abstecher und verließ die Autobahn danach bei Niederkrüchten, des Namens wegen. Ich war gerade achtzehn, als ich mich in das niederrheinische Ü verliebt hatte, das vermutlich in keiner Geschichte der deutschen Lautverschiebungen vorkommt. Jüchen. Süchteln. Niederkrüchten. Um nur die schönsten Namen zu nennen. Da will ich später mal hin, sagte ich mir damals.

Von Niederkrüchten aus, in dem es überraschend hügelig war, fuhr ich über Brüggen nach Hause. Als ich an meinem Haus ankam, sah ich gerade noch, wie Martin Taubert mit dem Fahrrad wegfuhr. Ich hupte nicht, weil ich allein bleiben wollte. An meiner Tür hing ein Zettel, windfest an allen vier Ecken mit Tesafilm befestigt.

Ruf mich mal an. Es gibt was Neues.

9 Glückliche Reise, rasende Fahrt

Nachts war ich dann schon wieder unterwegs. Ich saß in einem Großraumwagen, der Zug war gerade angefahren und verließ den Bahnhof. Die Lautsprecheranlage zur Begrüßung war so klar und scharf verständlich wie sonst selten, wenn man mit der Bahn unterwegs ist. Eine beinahe schneidende, dabei aber um Freundlichkeit bemühte Stimme sagte:

»Meine Damen und Herren, wir begrüßen Sie im *ICE 317 Uwe Barschel* auf seiner Fahrt von Kiel nach Genf und wünschen eine angenehme Reise. Im Wagen 11 zwischen der ersten und zweiten Wagenklasse finden Sie unser Bordrestaurant, in dem Sie das Serviceteam gern mit seinem kulinarischen Angebot verwöhnt. Die einzelnen Stationen der Reise entnehmen Sie bitte dem Faltblatt *Ihr Zugbegleiter*, das Sie an Ihrem Platz vorfinden.«

Der Wagen war voll besetzt, die Stimmung verhalten fröhlich, nicht lärmend. Die Fahrt führte durch viele Tunnel, sehr schnell, beinahe rasend. Die Strecke war mir nicht bekannt, offenbar handelte es sich um eine neu gebaute Trasse. Bis zum Bordrestaurant schaffte ich es nicht, obwohl ich mich bemühte. Schon kamen wir in Genf an, und als der Zug zum Stehen gekommen war, klatschte das ganze Abteil in die Hände. Der Ausstieg war hektisch, auch ich beeilte mich. Ich fragte einen Mitreisenden, als ich meinen Koffer aus der Ablage holte, warum wir alle hierhergefahren waren und ob wir alle im selben Hotel seien.

Er lächelte und antwortete auf die zweite Frage:

»Aber natürlich, das wissen Sie doch am besten. Sie haben schließlich das Ganze organisiert. Frühstück geht übrigens extra und ist teurer als das ganze Zimmer. Da hätten Sie ein bisschen besser verhandeln sollen.«

10 Vom Landesverrat

Das Neue, von dem Martin mir zwei Tage nach meiner Rückkehr aus dem Taunus erzählte, bestand darin, dass man auf der anderen Seite der Grenze, in Tingeloo, den Besitzer eines der drei schönen großen weißen Häuser als Spion enttarnt hatte. Genau genommen sogar als Doppelagent. Und dass sich herausstellte, dass der gute Mann, inzwischen in den hohen Achtzigern, keineswegs der Herr Groeneveld war, der eines Tages dieses Haus gekauft hatte und aus Groningen hierher gezogen war, ein ehemaliger Germanist an der dortigen Universität mit dem Spezialgebiet Arno Schmidt. Das hatte er seinen wenigen Nachbarn erzählt, die mit all dem wenig anzufangen wussten – mit der Germanistik und Arno Schmidt, meine ich, und Groningen war für sie sowieso ganz da oben im Norden – aber alles, was daran stimmte, war die Tatsache, dass es an der Groninger Universität tatsächlich mal einen Germanisten gegeben hat, der nicht Groeneveld, sondern Groenewold hieß und im Übrigen ein Deutscher war.

Und das war Herr Groeneveld, der mit richtigem Namen Fritz Munte hieß, auch: ein Deutscher. Er war vor fünfundzwanzig Jahren nicht aus Groningen nach Tingeloo gezogen, sondern aus Düsseldorf, wo er nach seiner aktiven Berufszeit für kurze Zeit gewohnt hatte, bevor ihm dieses schöne Anwesen auffiel. Diese aktive Berufszeit hatte er bis 1989 in Pullach verbracht, beim Bundesnachrichtendienst, und sich dann Anfang 1990 aus gesundheitlichen Gründen in den vorzeitigen Ruhestand versetzen lassen. Das brachte ihm einige Einbußen bei seinen Ruhebezügen ein, was er offenkundig verschmerzen konnte, sonst hätte er sich dieses alte Haus nicht kaufen und aufmotzen lassen können. Das ist nicht kritisch gemeint, schließlich habe ich mein Zollhaus auch aufmotzen lassen.

Fritz Munte konnte das schöne alte Haus deshalb erwerben, weil er im Laufe seines Berufslebens jahrzehntelang auch unregelmäßige, aber beachtliche Bezüge aus der Hauptstadt der DDR erhalten hatte, genau genommen vom Ministerium für Staatssicherheit, Hauptverwaltung Aufklärung. Er war für den BND nicht in abenteuerlichen und eventuell lebensgefährlichen Missionen unterwegs. Insofern war es Unsinn, ihn als Agenten zu bezeichnen, und wenn er kein Agent war, konnte er auch kein Doppelagent gewesen sein. Er war Innendienstler, und genau das machte ihn für die Firma von der anderen Seite so interessant. Er wertete Unterlagen aus, in denen es vor allem um eben diese andere Seite ging, also darum, was man über deren Tätigkeit in der westdeutschen Republik wusste. Er legte Dossiers an, er fasste sie in Akten zusammen, und dann wanderten sie in die Registratur, aber bevor sie dorthin wanderten, machte Munte in mühsamer klandestiner Kleinarbeit Kopien davon.

Zunächst aus Langeweile und aus seiner *archivarischen Ader*, wie er sich später ausdrückte. Nach ein paar Jahren, in denen die Langeweile nicht vergehen wollte, setzte er sich mit der Gegenseite in Verbindung und teilte ihr mit, dass er etwas anzubieten habe. Er war Geheimdienstler genug, um zu wissen, wie man das anfängt. Die Gegenseite war höchst interessiert, und so begann eine fast zwanzigjährige vertrauensvolle Zusammenarbeit zum Nutzen beider Seiten, zum finanziellen Nutzen von Fritz Munte auf der einen Seite, und auf der anderen zum Nutzen der Deutschen Demokratischen Republik, die zum Beispiel mehrfach ihre im Westen tätigen Kundschafter des Friedens noch rechtzeitig abziehen konnte, bevor sie enttarnt wurden. Als die Deutsche Demokratische Republik sich aus der Weltgeschichte verabschiedete, verabschiedete sich auch Fritz Munte aus dem Bundesnachrichtendienst und bald danach aus *Deutschland, einig Vaterland*. Man muss sein Ruhegehalt ja nicht unbedingt dort verzehren, wo man gearbeitet hat.

Das alles und noch viel mehr hatte nun ein Team *investigativer Journalisten* herausgefunden und als Reportage sowohl an ein schon lange schwächelndes Wochenperiodikum als auch ans Fernsehen verkauft. Nachlesen (oder im TV in nachgestellten Szenen verfolgen) konnte man zum Beispiel die Einzelheiten der Agentenlohnauszahlung und der Treffen mit dem Führungsoffizier, wo sich tatsächlich alles ungefähr so abspielte, wie Klein Fritzchen sich das vorstellt. Und auch das schöne weiße Haus war fotografiert und abgefilmt.

Investigative Journalisten hießen früher *Enthüllungsjournalisten*, was der unanständigen Seite ihrer Tätigkeit deutlich gerechter wird. Sie fotografieren gern mal tote Politiker in der Badewanne oder brechen in das Haus eines ebenfalls toten Schriftstellers ein. In diesem Fall hatten sie nun etwas aufgedeckt, was im Nachhinein sehr brisant war, de facto aber keine Folgen mehr hatte, denn selbst *Landesverrat*, um den es sich hier zweifelsfrei handelte, verjährt nach zwanzig Jahren.

»Im Gegensatz zum Liebesverrat«, sagte ich zu Martin, als er mir das alles erzählte, aber er ging nicht darauf ein. Über Sonja haben wir in all den Jahren eigentlich nur einmal gesprochen, und so konnte er in diesem Augenblick keinen Zusammenhang herstellen.

Die investigativen Journalisten hatten eigentlich nach ganz etwas Anderem gesucht, als sie auf dieses Nebengleis geführt wurden. Nach was, mochten sie nicht sagen, denn nach diesem Anderen suchen sie immer noch und werden sicher bald mit der ganz großen Geschichte rauskommen – bevor sie verjährt.

Vorerst hatten sie nur einen alten Mann in seiner Altersruhe aufgescheucht. Mit ihm selbst haben sie übrigens nie sprechen können, weil er das Gespräch trotz wiederholter aufdringlicher, geradezu investigativer Anfragen strikt verweigerte. Ich hatte Mijnheer Groeneveld ein paarmal in seinem Garten gesehen, wenn ich in Tingeloo spazieren ging, wie vor ein paar Wochen, nachdem der junge Schmitt-Doktorand bei mir gewesen war. Irgendwann hatte er mir freundschaftlich zugewinkt, an einem warmen Sommertag. Er trug eine weite Hose und ein ebenso weites weißes Hemd und schützte sich mit einer hellen Schiebermütze vor der Sonne. Wenn man ihm ein Schmetterlingsnetz in die Hand gedrückt hätte, hätte man ihn glatt mit Nabokov verwechseln können. Vermutlich wusste er, dass ich sein allernächster Nachbar auf der deutschen Seite war. Vielleicht wusste er auch noch mehr über mich, schließlich war er Geheimdienstler gewesen.

Jetzt kommen manchmal unbekannte Autos nach Tingeloo, das wirklich nur ein Nest an der Grenze ist, eine touristisch völlig uninteressante Restsiedlung, die nicht mal über einen Ansatz von Gastronomie verfügt. Sie parken gegenüber dem Haus, und man sieht die Insassen aus dem Auto heraus auf das schöne Anwesen glotzen. Dann fahren sie wieder. Keiner macht Anstalten, etwa eine Fensterscheibe einzuwerfen. Das Empörungspotenzial dieser ganzen Geschichte ist nicht besonders groß, handelt es sich doch letztlich um jahrzehntealte Nachrichten aus zwei längst versunkenen Staaten. Nichts für Gegenwartssüchtige und Jetztzeitjunkies. Von denen, die kommen, steigen nur die Wenigsten aus, und nur einer ist tatsächlich zum Haus gegangen und hat geläutet. Mijnheer Groeneveld hat nicht aufgemacht, und vielleicht war er auch gar nicht da.

Das alles wird bald aufhören. Dann werde ich ihn besuchen, und ich glaube, wir werden uns gut verstehen.

11 Boulevard de Bonne Nouvelle

Nachts war ich in Paris, trank einen Espresso in einer Bar und sah plötzlich Sonja in einem schwarzen Wollmantel draußen vor dem Fenster stehen. Dann war sie weg, aber ich fand mich im nächsten Moment auch auf der Straße und sah sie schemenhaft hundert Meter vor mir. Wir gingen auf dem Boulevard de Bonne Nouvelle. Plötzlich blieb sie stehen und ließ mich näherkommen, während alle anderen Passanten und die Leute, die vor den Kinos standen, eine Art Spalier bildeten. Sonja tippte an einem Haus den Code ein und verschwand im Innern, jedoch so langsam, dass ich mit hineinschlüpfen konnte. Sie stieg ein paar Stufen der sehr breiten Holztreppe hoch und blieb dann stehen, drehte sich um und rief:

»Ich habe damit nichts zu tun.«

Ich war schnell bei ihr und packte sie, drehte sie wieder um, drückte ihren Kopf sanft nach unten, so dass sie übers Treppengeländer gebeugt war, und schob ihren Rock hoch. Auf dem ersten Treppenabsatz erschien ein älterer Mann, den ich zuerst für Sigmund Freud hielt. Dann erkannte ich, dass es Julien Gracq war, der sehr langsam und ruhig sagte:

»Das dürfen Sie nicht, das verstößt gegen die Genfer Konvention. Also lassen Sie das.«

12 Hubschrauber am Himmel

Es dauerte nur wenige Tage, dann kamen keine Gaffer mehr vors weiße Haus. Dafür erhielt ich eine Mail von einem Rechercheteam freier und auf jeden Fall investigativer Journalisten, vermutlich dieselbe Truppe, die zuvor den bösen Mann aus Tingeloo entlarvt hatte. Irgendwie mussten sie über die Tatsache gestolpert sein, dass hundert Meter weiter, auf der anderen Seite der Grenze, noch so eine Gestalt von früher wohnte. Sie fragten an, ob und wann sie mich besuchen könnten. Sie wollten nichts enthüllen, sondern eher eine Art Homestory schreiben, Motiv: ein Verratener und Fallengelassener der Wendezeit, ein Vierteljahrhundert danach. Auf jeden Fall – so denke ich mir, denn so akkurat haben sie sich nicht geäußert – mit Fotos meines neuen Domizils und jeder Menge Lokalkolorit. Womöglich noch in Granderath herumschnüffeln und hier und da fragen: Der Alte vom Zollhaus, wie ist der denn so? Haben Sie schon mal mit ihm gesprochen?

Ich habe sie in meiner Antwort höflich gebeten, mich in Ruhe zu lassen und ihnen mitgeteilt, dass ich Nachrichten mit diesem Absender ab sofort meinem Spamfilter anvertrauen würde. Nachrichten mit einem anderen Absender würden unweigerlich das gleiche Schicksal erleiden, schrieb ich, und abschließend, man möge sich um mich keine Sorgen machen, mir gehe es prima.

Das Leben eines Alten ist wirklich wild, schrieb ich ihnen.

Als ich Martin davon erzählte, amüsierte er sich.

»Früher, als hier wirklich was los war an der Grenze, war nie einer von denen hier. Von den Journalisten. Doch, einmal, das war 1977. Da kamen sie scharenweise.«

Da er nicht weitersprach und ich außerdem sah, wie sein Gesicht sich augenblicklich verdüstert hatte, hakte ich nur sehr vorsichtig nach.

»Es betrifft vor allem einen Kollegen von mir, der ist schon lange tot. Aber ich war dabei, ich habe es hier aus dem Fenster gesehen, oder wenigstens aus dem Fenster, das damals ungefähr an dieser Stelle war.«

Er schwieg und schien sich in seinem damaligen Blick aus dem Fenster zu verlieren.

»Eine schlimme Geschichte, nehme ich an.«

»Sehr schlimm. Es kam ein alter Diesel an den Schlagbaum gerollt. Junger Mann am Steuer, Ende zwanzig, daneben eine Frau in seinem Alter. Sie hätten beide von den Fahndungsfotos von damals stammen können, du weißt, was ich meine.«

»Oh ja, diese Fahndungsfotos! Die waren so schlecht, als wären sie alle im Passbildautomaten im Kaufhof gemacht worden. Ich hätte nie auch nur irgendjemanden danach erkannt.«

»Jedenfalls winkte mein Kollege das Paar auf die Seitenspur und trat dann auf die Fahrerseite, um beide zum Aussteigen aufzufordern. Oder um die Personalausweise zu sehen oder die Fahrzeugpapiere. Ich weiß nicht, was dann genau passiert ist, Gregor, ich stand ja nur am Fenster. Ich stand am Fenster mit einer Tasse Nescafé, die ich gerade aufgegossen hatte. Das muss man sich mal vorstellen.«

Ich fand nichts dabei, wenn ein Zollbeamter im Laufe seines langen Arbeitstages die eine oder andere Tasse Nescafé trank.

»Aber dein Kollege«, versuchte ich Martin zu helfen.

»Mein Kollege hat irgendetwas gesehen, irgendeine … eine falsche Bewegung.«

»Von dem Typen am Steuer.«

»Nein, von der Frau. Er hat das nie klar erzählen können, nur, dass er meinte, die Frau sei mit der rechten Hand ganz schnell in die Tasche ihrer Lederjacke gefahren, du verstehst. Und in der Grenzaufsicht ist der Zoll natürlich bewaffnet. Wir sind alle an der Waffe ausgebildet, gründlich.«

»Und der Kollege hat geschossen.«

»Ja, er hat geschossen, gleich zweimal, und die Frau ist zwei Stunden später in Straelen im Krankenhaus gestorben. Die beiden machten einen nervösen Eindruck und hatten Grund dazu, weil sie Stoff dabeihatten, deutlich mehr als für den Eigengebrauch. Aber darum ging es damals ja kaum. Die übliche deutsch-holländische Grenzroutine spielte in jenen Tagen kaum eine Rolle. Und sie hatte natürlich keine Waffe.«

»Sicher«, sagte ich. »Damals waren viele Leute furchtbar nervös, ich erinnere mich. Und dauernd waren diese Hubschrauber in der Luft. Die Hubschrauber konnten einem wirklich auf die Nerven gehen.«

»Vier Wochen später ist dann übrigens wirklich eine Figur von diesen Fahndungsplakaten bei uns über die Grenze gekommen. Das haben wir später rekonstruieren können. BMW 7er-Reihe, damals brandneu auf dem Markt. Der war allein im Wagen, und den haben wir freundlich durchgewinkt.«

»Die Hubschrauber haben einen wirklich genervt«, sagte ich noch einmal.

Ich selbst erinnerte mich an einen späten Oktobertag 1977. *Stammheim* war »schon gewesen«, aber die Hubschrauber kreisten noch immer an den Himmeln der Republik, von Nord nach Süd, mit gewissen Schwerpunkten. Rhein-Main. Kölner Bucht. Großraum Stuttgart. Damals war ich in Speyer an der Hochschule, und an einem freien langen Wochenende fuhr ich mit Carla – es war unsere hohe Zeit! – nach Wissembourg. Jedenfalls wollten wir dorthin. Kurz vor der Grenze, mitten in einem Ort namens Steinfeld, fing der Borgward an zu stottern, und dann wollte er gar nicht mehr. Carla dachte zuerst, ich hätte vergessen zu tanken. Das hätte sie *typisch* gefunden – sie fand gern etwas *typisch* an mir –, aber der Tank war noch fast voll. In Steinfeld ging ich in eine Gaststätte, um zu telefonieren und den ADAC anzurufen, *Gau Pfalz*. Der ADAC war damals mit seinen Gauen gewissermaßen die einzig legitime Nachfolgeorganisation der NSDAP. Natürlich hätten wir in der Gaststätte warten können, der Wagen stand nur eine Straße weiter. Wir blieben aber tapfer beim Borgward, den ich nicht aus den Augen lassen wollte, ich hatte ihn gerade erst vor einem guten Jahr gekauft. Es war nasskalt und trüb. Wir warteten eine halbe Stunde, niemand kam. Der Ort schien geschlossen, ein früher Samstagnachmittag. Einmal kreiste ein Hubschrauber über uns, schwarz-gelb mit ADAC-Emblem, aber wir waren nicht gemeint, das wussten wir sofort. Einer, dessen Fall dringlicher war, wurde ins Krankenhaus geflogen. Wir warteten eine weitere Viertelstunde, dann kam jemand, aber nicht der ADAC. Eine Polizeistreife hielt bei uns an, zwei großgewachsene Männer in unserem Alter – wir waren beide Ende zwanzig, wie das Paar an der Grande-rather Grenze, von dem Martin erzählt hatte –, zwei Polizisten also sprangen heraus. Wir nahmen Habachtstellung ein. Die Uniformierten fragten uns nach unseren Ausweisen; ich tastete vorsichtig nach der Brusttasche meines Sakkos mit einem bittenden Blick, der sagte: nicht schießen, ich habe keine Waffe. Warum man unsere Personalien feststellen wolle, fragte Carla, keineswegs aufmüpfig, sondern bürgerlich friedlich. Wir seien einer Frau aufgefallen, die uns von ihrer Wohnung aus beobachtet habe, sagte die Polizei, und die es merkwürdig fand, dass wir so lange hier standen. Und immer so angestrengt guckten. Und warum standen wir denn hier so lange? Das würde auch sie interessieren, sagten die Uniformierten.

»Weil wir den ADAC angerufen haben und der einfach nicht kommt«, sagte Carla und zeigte auf den Borgward.

Damit immerhin gab sich die Staatsmacht zufrieden und fuhr weiter, nicht ohne viel Glück zu wünschen. Wir müssten verstehen, es seien nervöse Zeiten, und die Bürger seien wachsam.

»Verständlich«, sagte Carla zum Abschied.

Wenig später kam tatsächlich dieser gelbe Mann und machte den Borgward wieder flott.

»Vielleicht sollten Sie bald mal einen neuen Wagen kaufen«, sagte er zu mir.

»Das habe ich ja gerade erst vor einem Jahr getan«, sagte ich und zeigte auf den Borgward, und er zog die Brauen hoch. Dann versuchte er, mir einen Aufnahmeantrag für seinen Verein anzudrehen, und ich sagte schnell:

Meine Frau ist Mitglied, aber ich habe die Mitgliedskarte jetzt nicht dabei.«

Der gelbe Mann sah fragend zu Carla hin, und ich legte nach:

»Das ist nicht meine Frau. Vielleicht lassen wir das Ganze lieber auf sich beruhen, wenn Sie verstehen, was ich meine«, und wollte ihm einen Schein in die Hand drücken. Der gelbe Mann grinste etwas schief, wehrte den Schein ab und zog davon. Carla sah mich an und sagte:

»Das war ja wirklich sagenhaft. *Meine Frau ist Mitglied, aber das da ist nicht meine Frau.*«

»Bist du ja auch nicht.«

»Ich hätte nicht gedacht, dass du so ausgebufft bist.«

»Du kennst mich halt nicht.«

Dann machten wir uns auf den Weg zur Grenze, teilweise an massiven Überresten des Westwalls vorbei, an Bunkern, Gräben, Panzersperren. Die hinderten uns aber nicht, nach Wissembourg vorzudringen und dort ein entzückendes Wochenende zu verbringen: die Klimax, gewissermaßen. Bald danach entdeckte Carla, dass ich keinen Ehrgeiz hatte – warum überrascht das so viele Menschen an mir? –, und damit war es aus zwischen uns.

13 Besuch im weißen Haus

Nun bin ich drüben gewesen. *Drüben* war früher das Land, wohin man Päckchen an die Verwandten schickte, falls man welche dort hatte. Meine Eltern taten das auch. Manche Leute stellten zu Weihnachten sogar Kerzen ins Fenster. Das taten meine Eltern nicht.

Mein Drüben ist Tingeloo, versteht sich, Tingeloo und was dahinter kommt. Eine Woche habe ich noch gewartet, ob sich nicht verspätete Gaffer blicken ließen, aber die Geschichte war jetzt durch. Dann ging ich wieder einmal über die Grenze, also nicht wie gewohnt nach rechts aus dem Haus, sondern nach links. Frühabends um sechs. Ich hatte Glück, denn Munte war im Garten. Hoher August, die Pflanzen mussten mehrmals täglich gewässert werden. Damit war er gerade fertig geworden, alles glänzte noch nass. Jetzt saß er in einem erstklassigen Liegestuhl mit Extrafußteil, ein Bild des hochsommerlichen Friedens eines alten Mannes.

Ich blieb auf Höhe des Grundstücks stehen, und tatsächlich, er winkte mir zu. Sonst hätte ich mich nicht getraut. Es war noch keine Aufforderung, zu ihm zu kommen, nur eine freundliche Begrüßung. Ich bewegte mich in einer gleichsam fragenden Haltung ein paar Schritte aufs Grundstück zu, und er drückte sich halb aus seinem Liegestuhl hoch und winkte heftiger. Handstellung nicht vertreibend, sondern einladend. Willkommenskultur, gewissermaßen.

»Lassen Sie uns ins Haus gehen«, sagte er zehn Minuten danach, »hier draußen ist es immer noch zu warm. Jedenfalls für einen alten Mann.«

Ich sparte mir irgendein beschwichtigendes Kompliment. Wenn er kein alter Mann war, wer dann? Dafür aber scheinbar sehr gut in Form.

Zwei Riesenräume, die ineinander übergingen. Voll mit Büchern, Schallplatten (ja, Schallplatten!), eine regalfreie Wand mit einigen Bildern. Gemälde in der Art Cy Twomblys, hin und her huschend zwischen Bild und Schrift, aber natürlich nicht von Twombly, sondern von einem holländischen Künstler. Nicht das, was man sich gewöhnlich unter dem Ruhesitz eines Pullach-Pensionärs vorstellt, dachte ich, aber was weiß der gemeine Bürger eigentlich über Pullach? Fast nichts. Geheimdienste sind schließlich geheim.

Das Problem war für einen Augenblick die korrekte Anrede. Eine leichte Verstimmung, als ich es mit Munte versuchte.

»Bitte Groeneveld«, sagte er. »So steht's schließlich auch in meinem niederländischen Pass, und bisher sind die Niederländer nicht gekommen, um ihn mir wegzunehmen. Und Groeneveld war im Übrigen schon mein Deckname in Pullach. Die Kollegen haben mich nur so gekannt, und am Ende kannte ich mich selbst auch nur so.«

Als er meinen überraschten Blick sah, sagte er:

»Ich dachte, das wussten Sie. Wir hatten beim Dienst alle einen Decknamen, und niemand kannte unsere wirklichen Namen, auch die Kollegen untereinander nicht. Wir hatten nach außen auch fiktive Arbeitgeber. Ich war zum Beispiel Bürokaufmann bei einem Versandhandel.«

Also Groeneveld. Es fiel mir um so leichter, ihn so anzureden, als ich in einer Regalregion tatsächlich Schmidt entdeckte, Schmidt in allen Ausführungen, Bargfelder Ausgabe eingeschlossen – und die Erstausgabe von *Zettel's Traum* dazu! Ich rechnete blitzschnell nach. 1970 war Herr Groeneveld schätzungsweise zweiundvierzig, dreiundvierzig, schon länger in Pullach aktiv – und darüber hinaus – und einer der zweitausend Käufer der Erstausgabe, bis heute ein Distinktionsmerkmal, wie Freund Bourdieu es nennen würde. Das Geld dafür musste entweder aus dem Pullacher Gehalt oder aber aus dem De-De-Ärschen gekommen sein. Gut angelegter Agentenlohn.

»Ja, ich habe nicht geschwindelt«, sagte Groeneveld, nachdem er mich eine Weile vor dem Heiligen Text beobachtet hatte. »Germanist in Groningen war ich nicht, aber ich hätte einer sein können, und ein enger Arno-Anrainer bin ich sowieso. Ich habe sogar zwei Beiträge im *Bargfelder Boten* geschrieben.«

Es gab Tee, und wir ließen uns in tiefen, weichen Sesseln nieder, hellbeige bezogen. Erst jetzt nahm ich wirklich wahr, wie groß mein Gastgeber war, beinahe zwei Meter, schätzte ich. Er trug eine helle Leinenhose und ein oben weit geöffnetes dünnes weißes Hemd, weißer noch als der dünne Haarkranz, der sich um seinen in der Mitte kahlen Kopf legte. Im ganzen Raum, ohnehin lichtdurchflutet an diesem Hochsommertag, entdeckte ich kaum einen dunklen oder grauen Farbton.

Er winkte ab, als ich auf die Aufregungen der letzten Wochen kam.

»Ich habe mich doch eher über die Glotzköppe da draußen amüsiert, als dass die was vom Glotzen gehabt hätten. Und die Journaille habe ich gar nicht erst reingelassen.«

»Und Ihre Nachbarn?«

»Da ist der Kontakt unverändert, freundliches Grüßen, basta. Wir sind doch nur drei Häuser hier in Tingeloo, alles Zugezogene, und wer an so einen Fleck zieht, will in Ruhe gelassen werden und lässt andere in Ruhe. Da sind wir ganz solidarisch.«

Ich fragte nach Pullach. Das Problem an Pullach war für ihn vor allem die gepflegte Langeweile einer Münchner Randgemeinde gewesen.

»Zum Glück liegt es wenigstens im Flusstal«, sagte er, »und man hat nicht gleich die Alpen vorm Kopf. Ich bin gebürtiger Flachländer, wissen Sie, ich komme aus Brüggen, ich bin also hier fast wieder zu Hause. Während meiner Zeit im Dienst hatte ich immer nach München ziehen wollen, vielleicht S-Bahn-Nähe, dann wäre ich gependelt, aber ich habe es nie geschafft. Heute hat Pullach übrigens eine grüne Bürgermeisterin, die heißt Tausendfreund, und ihre Stellvertreterin heißt Zechmeister. Stellen Sie sich mal vor, was der Meister aus Bargfeld daraus gemacht hätte!«

»Gar nicht auszudenken«, sagte ich.

»Und ich saß im Dienst und wertete Akten aus, Berichte. Ich hatte auch gar keine Neigung, *nach draußen* zu ziehen in den Kampf, in die Welt. Ich glaube nicht, dass die Welt so interessant ist, wie man immer erzählt. Auf meinen wenigen Reisen habe ich das jedenfalls nicht erfahren. Auf der anderen Seite war mir das Studium der Akten auf Dauer doch etwas zu eintönig. Irgendwie wollte ich bei dem, um was es da ging, ein bisschen mitmachen. Ich wollte wenigstens *spielen*, wenn Sie verstehen, was ich meine.«

»Sofort«, sagte ich. »Das kann ich sofort nachempfinden. *Der Mensch ist nur da ganz Mensch, wo er spielt.*«

»Jetzt machen Sie mal halblang. Aber diese Treffen manchmal mit meinem Kontaktmann, das war wirklich so, als hätten wir beide vorher eine Rolle gelernt, und dies hier sei jetzt – nicht die Aufführung, auch nicht die Generalprobe, sondern eine Probe im frühen Stadium. Oder wenn ich das Material in den toten Briefkästen deponierte, hatte ich manchmal das Gefühl, dass irgendwo ein Regisseur stand, der meine Bewegungen studierte und mir dann zurief, das müsse noch ein bisschen routinierter, beiläufiger oder sonstwie aussehen. Manchmal wachte ich morgens auf und musste mich im ersten Moment erst wieder erinnern, dass ich einerseits im Amt arbeitete und gleichzeitig für die andere Seite.«

»Es war also gar nicht wirklich für Sie«, sagte ich, nicht als Frage, sondern als stützenden, verstärkenden Satz, wie es mein Analytiker früher dann und wann gemacht hatte.

»Wirklich war's schon«, sagte Groeneveld. »Das habe ich ja spätestens bei den Zahlungen gemerkt. Meine Tätigkeit als sogenannter Doppelagent war übrigens nicht halb so kompliziert wie das Einschleusen meines Lohns in den Geldkreislauf und auf meine Konten, ohne dass es auffiel. Aber auch das ging am Ende leichter, als ich dachte. Banken sind nicht besonders intelligent, wissen Sie. Sie sind manchmal sogar richtig doof.«

»Sie hätten also noch weitermachen können.«

»Ein, zwei Jahre noch, ja, dann wäre ich ohnehin in den Ruhestand gegangen. Insofern hat die sogenannte Wende mein Leben nicht zu stark durcheinandergebracht. Nicht so sehr wie bei Ihnen. Entschuldigung, aber ich weiß ein bisschen Bescheid über Ihre Geschichte. Das war einfach Pech für Sie.«

Ich hob beide Hände, und er sagte sofort:

»Das ist in Ordnung, wenn Sie nicht darüber reden wollen.«

»So interessant ist die Geschichte auch nicht«, sagte ich.

»So interessant ist die Wirklichkeit selten«, sagte Groeneveld und deklamierte: *»Die ›Wirkliche Welt‹?: ist, in Wahrheit, nur die Karikatur unsrer Großn Romane!«*

Es war fast zehn Uhr, als ich wieder über die Grenze ging, unter einem prächtigen Sternenhimmel, wie er nur noch selten zu sehen ist. Lange war ich nicht mehr so aufmerksam bewirtet worden, und so beiläufig dazu. Er machte einen kleinen Imbiss zurecht, öffnete einen sehr kalten spanischen Weißwein, und wir saßen dann auf der Terrasse, weil die Hitze nachgelassen hatte und die Sonne nicht mehr blendete. Ich dachte daran, dass dieser Groeneveld Leo gefallen hätte, weil er kein Überzeugungstäter war, sondern aus Langeweile und Liebe zum Geld gehandelt hatte. Ich erinnerte mich daran, wie Leo immer auf die Gläubigen und Aufrichtigen geschimpft hatte, gleich welcher Richtung, das seien die Allerschlimmsten, die machten den meisten Ärger.

Zuletzt, als wir wieder ins Haus gegangen waren, hatte Herr Groeneveld – den Namen Fritz Munte hatte ich schon vergessen – mich zu seinem literarischen Nachlassverwalter gemacht, und wir hatten das schriftlich festgehalten. So kam ich am Ende dieses schönen Sommertages mit einem neuen Titel nach Hause.

14 Die Zürcher Umarmung

Nachts war ich dann in Zürich im Verlag, vermutlich, weil das Gespräch jenseits der Grenze am Ende sich so viel um Bücher gedreht hatte und so wenig um Landesverrat, der im Gegensatz zu guten Büchern schließlich verjährt. Der Zürcher Verlag gab ein Fest für seine Autoren und seine Freunde. Das tut er tatsächlich zuweilen, aber ich bin noch nie hingefahren, weil ich meinen Roman bekanntlich nicht selbst geschrieben habe. Ich stellte mir immer vor, ich würde einen schweren Stand haben unter all diesen Schriftstellern, wenn das herauskam.

Es war voll und laut, beinahe lärmend; weil ich niemanden persönlich kannte, hielt ich mich anfangs am Rande. Eine Verlagsmitarbeiterin nahm sich dann meiner an, wollte mich einzelnen Autoren vorstellen. Ganz hinten sah ich Georges Simenon; man hatte ihm einen Barocksessel hingestellt, in dem er mit halb geschlossenen Augen vor sich hin dämmerte.

»Man darf die Belgier nicht unterschätzen«, sagte die Verlagsmitarbeiterin zu mir, »ohne die Belgier wären wir nichts. Sie können jetzt aber nicht mit ihm sprechen; Sie sehen ja, er ist müde.«

Ich wollte ihr gerade erzählen, dass ich die Belgier nie unterschätzen würde und lange Zeit jedes Winterhalbjahr in Ostende verbracht hätte. Aber jetzt verschaffte sich Patricia Highsmith am Buffet unter Einsatz der Ellbogen Platz. Offenbar machte sie dann eine bissige Bemerkung zu ihrer

Nachbarin, die sofort zu weinen begann, ihren Teller fallen ließ und davonrannte.

»Entschuldigen Sie«, sagte die Verlagsmitarbeiterin zu mir, »da muss ich wohl ein bisschen Trost zusprechen.«

Kaum war sie gegangen, kam ein Autor zu mir, von dem ich wusste, dass er tatsächlich noch lebte. Vor fünfzig Jahren hatte er sich über die Jugoslawienroute aus seinem östlichen Teilstaat in den westlichen entfernt. Er hob sein Glas und lächelte mir fröhlich zu.

»Ich habe Ihr Buch gelesen«, sagte er. »Wahnsinnsthriller. Überhaupt nicht mein Metier, aber gelesen hab ich's gern. So was könnte ich nicht.«

»Ich auch nicht«, sagte ich und klärte ihn auf.

Später standen wir am Buffet, das Patricia Highsmith inzwischen geräumt hatte. Merkwürdigerweise gab es unter all den schweizerischen, französischen und italienischen Köstlichkeiten auch Leipziger Allerlei. Das Gesicht meines Begleiters verfinsterte sich kurz, dann strahlte er wieder und fragte mich:

»Wissen Sie, wie wir früher in Berlin die Mauer genannt haben?«

Ich schüttelte den Kopf.

»Sachsen-Anhalt.«

Wir begannen brüllend zu lachen und fielen uns in die Arme.

15 Das Buch (der Bücher)

Die *Großn Romane*, von denen der Bargfelder Meister geschrieben hatte, sind übrigens nicht mein Fall; um so weniger, je größer sie sind. Ausnahmen von der Regel gibt es auch hier, aber zu denen gehören die Werke, die unser Arno verehrte, wohl kaum.

Ich hatte deshalb zunächst Schlimmes befürchtet, als Mijnheer Groeneveld mich bei meinem Besuch zu seinem *work in progress* führte. Es handelte sich um eine großformatige Kladde – DIN C 3, wie er bereitwillig erklärte – mit Pappeinband, zweihundert Seiten stark. Sie lag auf einer großen Tischplatte, die auf zwei Böcken stand, daneben stapelweise Bücher und andere Schriftstücke. Ich war nun auf alles gefasst, Gedichte oder ein ganzes Versepos, ein Melodram, einen Roman gar. Unter Umständen auch ein Tagebuch, oder ein philosophisches Werk, das uns endgültig die Welt erklärte oder den Weg zu einer besseren Zukunft der Menschheit wies, wie schon so viele vor ihm.

Herr Groeneveld schlug den imposanten Band auf, und ich war schon erleichtert, als ich nicht auf der ersten Seite einen pompös gestalteten Verfassernamen und einen ebensolchen Titel fand. Der Text ging sofort los. Ich verstand sehr schnell, dass er an der Umsetzung eines alten Traums arbeitete, den tendenziell schon Mallarmé, Benjamin und vielleicht auch Borges geträumt hatten und gewiss noch viele andere, von denen wir nichts wissen: ein Buch, das nur aus Zitaten bestand, aus Fremdtexten, aber so, dass diese ineinandergriffen und einen lesbaren fortlaufenden Text bildeten. Es ging also wieder einmal um das einzige, das allumfassende Buch, das Buch der Bücher. Zu den Quellen, aus denen er sich bediente, gehörten neben Büchern verschiedenster Art auch Kopien von Akten und anderen Schriftstücken, die er aus Pullach hatte retten können.

Im ersten Moment hatte ich auf dem Tisch unwillkürlich eine Schere und Klebstoff gesucht. Herr Groeneveld hatte jedoch seine Zitatenfolge blau auf weiß mit der Hand abgeschrieben, mit einem klassischen Füllfederhalter, einem Pelikan oder Montblanc, in der schönsten Handschrift, die ich je gesehen habe, gestochen scharf und leserlich, dabei weich und fließend, weder karg noch verschnörkelt oder manieriert, Lichtjahre entfernt von meinem eigenen Gekritzel, mit dem ich in unregelmäßigen Abständen diese Seiten hier fülle. Kein Druckbild hätte hinreißender sein können als diese Handschriftenkunst.

Die Kladde war bisher zu etwa einem guten Drittel gefüllt. Beim Blättern entdeckte ich bald, dass es sich bisher nicht um einen fortlaufenden Text handelte, sondern auf jeder Seite der Anfang eines solchen Textes immer wieder variiert wurde. So, wie in Camus' *Pest* der Angestellte Joseph Grand, einer jener Hunderttausenden heimlicher Schriftsteller auf dieser Welt und die anrührendste Figur in dem ganzen Roman, nie über den unendlich in seinen Feinheiten variierten ersten Satz hinauskommt:

An einem schönen Morgen im Mai ritt eine elegante Amazone auf einer herrlichen Fuchsstute durch die blühenden Alleen des Bois de Boulogne, so war Herr Groeneveld bisher nie über eine Abfolge von Anfangssätzen hinausgekommen, die entweder untereinander in der Reihenfolge verschoben wurden, oder aber von denen einzelne gegen andere ausgetauscht wurden, die nicht weniger gut in die Satzsequenz passten. Dann aber landete der Anfang nach kurzer Zeit jedesmal in einer Sackgasse, lief in beinahe rasender Eile auf einen bestimmten Punkt zu, für den er noch keinen passenden Anschluss gefunden hatte.

»Was soll ich machen«, fragte er mich, und zum ersten Mal an diesem Abend schwang ein leicht betrübter Ton in seiner Stimme mit.

»Vielleicht«, sagte ich, »sollten Sie mit den Verschiebungen radikaler sein. Vielleicht sollten sie auch den Anfangssatz austauschen. Ich weiß nicht, ob ein Satz wie *Lange Zeit bin ich früh schlafen gegangen* sehr weit führt.«

16 Mein Sohn

Nun kann ich zwei alte Männer zu meinen hiesigen Freunden rechnen, gegen die ich selbst noch fast ein Jugendlicher bin. In früheren Romanen hätte ich gegen den alten Pfarrer oder den ehemaligen Schulmeister oder auch den Arzt des Dorfes oder des Ortes regelmäßig Schach gespielt, sagen wir jeden Mittwochabend um sieben Uhr, dazu der obligate *erlesene Wein*. Eine solcher Partien, von einem klugen, abgeklärten Gespräch begleitet, wäre vermutlich sogar die abschließende Szene des Romans geworden, ein kluger Zug zum Ende und danach eine Bemerkung, irgendetwas sei *ein weites Feld* oder dergleichen, bevor man noch einmal zum Rotweinglas greift. Für hier und heute passt das nicht mehr, die regelmäßige Schachpartie gegen einen ehemaligen Zöllner oder einen Landesverräter im Ruhestand will sich nicht so recht ins Bild fügen. Mein Schachspiel bleibt verpackt im Schuppen hinter dem Haus.

Den einzigen jungen Mann dagegen, den ich hätte kennenlernen können, habe ich selbst vertrieben. In Granderath selbst gibt es nur noch wenige Junge. Da ist ein junger Arzt für Allgemeinmedizin, von dem es heißt, er sei *ganz bewusst aufs Land gegangen*. Drei Söhne haben die Firmen ihrer Väter geerbt: den Supermarkt, der gegen die Konkurrenz in Straelen und Venlo um sein Überleben kämpft, eine Gärtnerei, die ein gut integrierter Teil des florierenden Gartenbaus der ganzen Region ist, und einen

Autohandel, seltsamerweise die Niederlassung einer italienischen Marke, *am Ort seit 1973*, wie es in der Werbung heißt, bei dem auch ich den Wagen gekauft habe, den ich derzeit fahre. Dieser Arzt und diese Erben sind verheiratet und haben Kinder, die aber nach der Schließung der hiesigen Grundschule vor fünf Jahren von Anfang an in Straelen zur Schule gehen. Die Tankstelle am Ortsrand wird von einem jungen, kinderlosen Ehepaar geführt. Junge Männer in der Ausbildung gibt es bei ein paar Handwerkern und in den drei genannten Betrieben, alle anderen sind weg oder pendeln nach Straelen oder Geldern oder sogar Düsseldorf und sind nur selten zu sehen. Der Rest teilt sich auf in die Älterwerdenden – wie die Firmenerben, die seit meiner Ankunft hier in Granderath auch schon deutlich nachgegraut sind – und in die Alten. Das Künstlerehepaar ist alt. Die beiden ehemaligen Landwirte, die noch leben, sind alt. Der ehemalige Arzt, Vorgänger des *ganz bewussten Landarztes*, ist alt. Der pensionierte Grundschulrektor ist alt. Einige meiner nächsten Nachbarn sind alt. Martin ist alt. Ich bin alt. All diese Alten, was machen sie nur den ganzen Tag? Das fragen sich die Granderather von mir sicher auch.

Gestern war ich in Straelen und habe in dem großen Supermarkt eingekauft, der jetzt in der Urlaubszeit ziemlich leer ist, im Gegensatz zur Zeit der Spargelernte, wenn hier polnisches Stimmengewirr vorherrscht. Zwei Gänge weiter erkannte ich den jungen Mann, der mich besucht hatte und den ich vergrault habe. Ich zögerte, auf ihn zuzugehen und ihn anzusprechen. Ich hatte Angst vor seiner Reaktion und der Erregung öffentlicher Aufmerksamkeit.

Ich verabscheue es, öffentliche Aufmerksamkeit zu erregen. Sollte ich ihn draußen abfangen? Und wie sollte ich ihn ansprechen, was sollte ich sagen? *Ich bitte um Entschuldigung? Ich lade Sie zu einem Kaffee ein? Und wie sind Sie denn eigentlich ausgerechnet auf Carl Schmitt gestoßen?* Das hat man mich früher auch immer gefragt, in den Anfangszeiten meiner Karriere, damals in Göttingen.

Aber dann, als ich endlich alles gefunden hatte, was ich brauchte, und an der Kasse stand, war der junge Mann nirgends mehr zu sehen. Hatte vermutlich nur schnell in seiner Mittagspause ein paar Kleinigkeiten geholt. Ich überlegte, ob ich zu den Straelener Firmen fahren sollte, die so etwas wie Webdesign anbieten und über die ich mich inzwischen informiert hatte. Aber was sollte ich dann tun? Hineingehen und fragen: *Arbeitet bei Ihnen ein junger Mann, von dem ich nicht weiß, wie er heißt?* Oder sollte ich einfach zu den Grünen fahren und dort nach ihm fragen? Das wäre vermutlich erfolgversprechender, aber aus irgendeinem Grunde konnte ich mich nicht überwinden, dorthin zu gehen. Vielleicht hatte er dort von seinem Besuch bei mir erzählt, vielleicht war ich bei denen bekannt wie ein – wie was? Wie ein unausstehlicher Alter? Vielleicht sogar wie ein Reaktionär?

Das wäre mal was. Es gehört schließlich einiges dazu, um ein richtiger Reaktionär zu sein. Dazu reicht es nicht, einen Anzug mit Weste zu tragen, mit Messer und Gabel essen zu können und auf der römischen Liturgie zu bestehen.

Ich werde den jungen Mann wiedersehen, dachte ich, morgen oder in einem Jahr, verfolgen werde ich ihn nicht. Stattdessen ging ich essen, Schweinefilet *Karl*, so hatte wohl das Schwein geheißen.

Mein Sohn hätte nie so geheißen. Während ich dort nach dem Essen noch einen Augenblick vor mich hindämmerte, suchte mich wieder einmal eine Schreckensvorstellung heim, die mich in unregelmäßigen Abständen und ohne jegliche Vorwarnung überfällt: der Gedanke, wie es ausgesehen hätte, wenn ich Vater geworden wäre.

Nicht, dass ich nicht in manchen Augenblicken meines Lebens den brennenden Wunsch danach gehabt hätte. Doch selbstverständlich war es besser für alle Beteiligten – und auch die nicht Beteiligten, die Kinder eben, die es nicht gab –, dass da nie etwas passiert ist. Ich wäre ein lausiger Vater gewesen. Merkwürdigerweise dachte ich immer an einen Sohn, nie an eine Tochter. Und spätestens, wenn dieser Sohn dreizehn oder vierzehn gewesen wäre, hätte ich ihn nicht mehr verstanden und er mich nicht, und ich wäre unausweichlich dieser nörgelnde Alte geworden, schon vor Erreichen des eigentlichen Alters, der alles, was sein Sohn unternahm, in Grund und Boden redete, und ich hätte unausweichlich als leuchtendes Gegenbeispiel das *wir damals* angeführt, obwohl es da partout nichts anzuführen gibt, und das Schlimmste wäre gewesen, dass ich die ganze Zeit mir selbst dabei zugesehen und zugehört und gewusst hätte, dass ich ein unausstehlicher, verbohrter alter Sack war, und den Ausweg aus dieser Falle hätte ich doch nie gefunden. Vermutlich hatte es mit dem jungen Mann zu tun, der ja gut mein Sohn hätte sein können, dass mich die Schreckensvorstellung jetzt an meinem kleinen Tisch ganz hinten in der Ecke einholte. Dann atmete ich einmal tief durch, ein weiteres

Mal erleichtert über meine mutmaßliche Unfruchtbarkeit und über all den Zwist, der mir erspart geblieben war und bei dem ich eine miserable Rolle gespielt hätte. Denn soweit ich von meinen seltenen Kontakten zu ihnen weiß, sind sie doch ziemlich in Ordnung, die jungen Leute.

17 Farbenlehre Westeuropa

Der schöne 27. September! Und auf was für verrückte Ideen alte Männer da kommen!

Martin kam gestern zu mir, wie immer mit dem Fahrrad. Aber er wollte gar nicht erst reinkommen, nicht an so einem schönen Spätsommertag, wie er gleich an der Tür sagte.

»Ich mache eine Radtour«, sagte er, »und du wirst mitkommen.«

Er weiß, dass ich ein Fahrrad hinten im Schuppen stehen habe und es in Schönwetterperioden auch benutze. Und er weiß auch, dass ich keine dringende Arbeit zu tun habe, die mich berechtigt zu sagen: *Geht gerade nicht.* Ich tue ja nichts – eine große Kunst, die zu erlernen viele Jahre erfordert – außer, dass ich gelegentlich diese Aufzeichnungen mache. *Das ist keine Arbeit,* würden die Granderather sagen. Und dass ich lese. *Das ist erst recht keine Arbeit,* würden die Granderather sagen. In beiden Fällen würde ich ihnen zustimmen.

»Wo geht's hin?«

»Über die Grenze, wohin sonst.«

Ich holte mein Fahrrad aus dem Schuppen, das ich vor acht Jahren in Venlo gekauft habe und dort in der Werkstatt jedes Frühjahr nachsehen und aufmöbeln lasse. Es hat sieben Gänge, von denen ich höchstens drei brauche. Martins Fahrrad ist bestimmt zwanzig Jahre alt, hat aber immerhin drei Gänge, und auch er lässt es regelmäßig durchsehen. Immer, wenn ich ihn darauf sitzen sehe, habe ich das Gefühl, dass es entweder ein wenig zu klein für ihn oder der Sattel nicht hoch genug eingestellt ist, denn seine langen Beine stehen beim Radeln auf Kniehöhe zu beiden Seiten gewaltig ab. Dennoch kommt er mit seinem gleichförmigen Tritt, der mich an die Bewegung von Mühlenflügeln erinnert, gut vorwärts.

Wir wandten uns entschlossen nach links und waren eine Minute später in Holland. Von meinem Besuch bei Mijnheer Groeneveld in Tingeloo hatte ich ihm noch nicht erzählt und tat das auch jetzt nicht. Als wir am Haus vorbeifuhren, saß Groneveld in seinem Garten fast reglos im Halbschatten, die Augen durch eine Sonnenbrille geschützt.

Martin führte, und ich passte mich seinem Tempo an. Bald bogen wir nach Süden ab und fuhren mal näher, mal ferner an der Maas entlang Richtung Venlo. Die Sonne wärmte, aber sie brannte nicht mehr. In Velden nahmen wir die Fähre auf die andere Seite der Maas, und am nordwestlichen Rand von Venlo aßen wir sehr spät zu Mittag. Ein einfaches Restaurant, *Chinees-Indisch*, also indonesisch, die niederländische Nationalküche. Drei Tische draußen vor dem Restaurant, an einem davon saßen wir beide. Nach dem Essen schloss ich die Augen und verfiel in einen sonnenbeschienenen Dämmerzustand, und ganz langsam stiegen die Bilder und die Farben aus dem Juli 1962 vor mir auf.

Damals hatte ich ein Fahrrad von Rixe, Geert eins von Hercules. Ich war vierzehn; Geert war zwei Jahre älter als ich, hatte die Schule schon verlassen und erlernte den Beruf des Schriftsetzers, der heute ausgestorben ist, damals aber, wie ich später bei den Genossen lernte, zur *Arbeiteraristokratie* gehörte. Da Geert meinen Eltern schon beinahe erwachsen schien, ließen sie mich in den Sommerferien mit ihm auf große Tour gehen. So entdeckte ich die sichtbare Welt.

Als wir damals die holländische Grenze überquert hatten und zehn Minuten unterwegs waren, in der Nähe von Hengelo, musste ich gleich feststellen, dass ich aus einem grauen Land kam. Das überraschte mich. Das Land, aus dem ich kam, war reich, es war leise und verdruckst, es war friedlich und verschwiegen, es lebte sich gut darin, aber es misstraute offenbar den Farben. Die Gegend um Hengelo war nicht aufregend; sie strahlte die gleiche ordentliche Langeweile aus wie die Gegend auf der anderen Seite der Grenze. Zudem war es ein eher bedeckter Tag, nur ab und zu kam die Sonne hervor. Aber die Häuser strahlten meistens weiß und brüteten nicht ziegelrot, die Ladenschilder leuchteten: gelbgrün, signalgrün, pastellgrün, korallenrot, lachsrot, erdbeerrot, leuchtorange, selbst schwefelgelb und purpurn.

In der Abendsonne vor der Jugendherberge in Arnhem sprachen wir mit einem Marokkaner, ein Erlebnis, das manchem Rentner in Ostsachsen vielleicht bis heute nicht vergönnt gewesen ist. Dito zwei ugandische Studenten, später in Amsterdam. Der Marokkaner trug eine weiße Jeans und einen lässigen lindgrünen Pullover, die ugandischen Studenten waren in leichte Sommeranzüge gekleidet und trugen dazu dunkle Hemden.

Bis vor einem Jahr hatte auch ich *Schwarze,* also *Farbige,* also vielleicht auch *Neger*, höchstens aus Büchern gekannt, unter anderem aus einem Jugendbuch mit dem Titel *Ins dunkle Afrika.* In unserer hübschen kleinen weißen Stadt nahe der holländischen Grenze gab es sie nicht. Dann brachte eine Abiturientin zum Abschlussball ihren Freund mit, der aus Ghana kam und dem am Eingang des Tanzsaals vom Direktor des Gymnasiums der Zutritt mit der Begründung verwehrt wurde, er habe schließlich keine Einladung. Dieser Direktor, ein farbloser kleiner Mathematiker, der harmlos, aber auf den Angriff des dunklen Afrikas offenbar nicht vorbereitet gewesen war, wurde dann im direkten Stellentausch durch den Schulleiter eines anderen Gymnasiums ersetzt, einen waschechten, versoffenen Nazi, den man zuweilen morgens im kleinen Garten hinter seiner Dienstwohnung neben der Schule bei seinen Ausnüchterungsspaziergängen beobachten konnte, wo er leise vor sich hin brabbelte.

Belgien war rot und gelb und golden. Auch der Sonnenuntergang am ersten Abend im Land war rot und gelb und golden. In einem stillen Ort namens Zoersel suchten wir die Jugendherberge und fragten zwei junge Mädchen danach, die uns zu Fuß entgegenkamen und als Erstes zurückfragten, ob wir *Vlaams of Frans* sprachen. Weder *Vlaams* noch *Frans*, aber Geert sprach Platt, und das reichte hin.

Es gab viel Platz in der Herberge, denn wir waren die einzigen Gäste. Soviel Stille hatte ich seit meiner Kindheit nicht mehr erlebt und war froh, als die Nacht vorbei war. Als wir auf Antwerpen zufuhren, leuchtete der Tag, und das Rauschen der Stadt nahm ständig zu, und mit ihr stieg in mir das Gefühl der Rettung auf, wieder einmal, vielleicht sogar das Gefühl einer kleinen Allmacht. Vor dem nackten Land, vor der Stille und Leere einer Nacht wie in Zoersel, vor dem Verlöschen aller Lichter am frühen Abend habe ich lange Zeit Angst gehabt. Zu Hause mochte ich meine Kleinstadt nicht verlassen, jeder Ausflug aufs Land barg Gefahren, vor allem wenn die Dunkelheit begann. Nun fuhren wir im Triumph in Antwerpen ein. Später saßen wir dort auf Caféterrassen in der Sonne, und ich rauchte *Belga* oder *Bastos.*

In Brüssel, wo der Himmel vorübergehend verhangen war, sahen wir am Nachmittag einen jungen Mann, der laut schrie und mit beiden Fäusten an die Schaufensterscheiben eines Warenhauses trommelte, bis er langsam an diesen Scheiben herunterrutschte auf die Knie, sich danach auf dem Pflaster wälzte und dann offenbar das Bewusstsein verlor. Die Passanten bildeten einen respektvollen Kreis um ihn. Dann verschaffte sich ein Krankenwagen Platz und transportierte ihn ab. Vollrausch? Epilepsie? Ausbruch aus der Psychiatrie? Ein Schreckensbild jedenfalls, das lebenslang bei mir geblieben ist. Abscheu und Mitleid. Ein Mann in einer grünen Jacke, dunkelhaarig mit *moustache.*

Lille habe ich als eine Ansammlung gelber Häuser in Erinnerung, so wie auf dem Cover meiner Taschenbuchausgabe von Camus' *Pest,* die ich mir drei Monate vor Beginn unserer Reise gekauft hatte, gelbe Häuser an leeren Straßen, die an einem sehr heißen Tag wie ausgestorben waren. Vielleicht sind wir aber über die Vororte, die Industrieviertel gar nicht mehr hinausgekommen; vielleicht haben wir nur gerade, von Roubaix aus kommend, die Stadtgrenze überschritten und von dort aus die Rückfahrt begonnen, weil Geerts Urlaub und meine Ferien langsam zu Ende gingen.

Hatte ich Heimweh? Ich war noch nie so lange allein, oder fast allein, so weit von zu Hause fort gewesen. Damals begann die Fremde schon spätestens hundert Kilometer vom eigenen Stall, wenn nicht früher, und wir waren noch viel näher an dem bekannten Satz der Bäuerin, die nach langem Gehen das nächste Tal erreicht hat und sagt: *Ich habe nicht gewusst, dass die Welt so groß ist.* Als wir mit unseren Fahrrädern etwas rat- und ziellos durch Lille fuhren, waren wir fünfhundert Kilometer von zu Hause weg, eine gewaltige Distanz. Schon als Kind hatte ich ja meine Zweifel gehabt, als wir bei Waldshut die Schweizer Grenze überschritten hatten, ob wir es je nach Hause zurück schaffen würden; aber damals waren meine Eltern bei mir gewesen, und es lag an ihnen, mich sicher zurückzubringen. Hier in der gelben Hitze auf den leeren Straßen in einem Land, dessen Sprache wir nicht verstanden, lag es an uns.

Immerhin waren wir noch in Europa, denn *Europa* war erst fünf Jahre alt und bestand aus sechs Ländern, von denen drei nicht besonders groß waren, allesamt aber farbenfroher als das Land, aus dem wir kamen. An den Grenzen dieser Länder standen Menschen wie Martin Taubert, um sie gegen unbefugtes Eindringen und gegen unerlaubten Warenverkehr zu sichern. Wären wir auf unserer *Grand Tour* erst am Niederrhein ins Nachbarland eingereist oder auf der Rückfahrt dort schon wieder nach Deutschland zurückgekehrt, vielleicht wäre es Martin gewesen, der uns am Übergang Granderath kontrolliert oder lässig durchgewinkt hätte, nachdem er mit geübtem Blick erkannt hatte, dass wir weder Ausreißer von zu Hause noch von besonders raffinierten Schmugglern eingesetzte Marionetten waren.

»Damals war ich schon sechsunddreißig«, sagte Martin, als ich ihm meine Phantasie erzählte, »und die ersten beiden Kinder waren schon auf der Welt. Ich hätte euch vielleicht beneidet, denn ihr wart schon weiter rumgekommen als ich. Die Verhältnisse erlaubten es meiner Frau und mir nicht, wirklich zu reisen, und später, als wir es konnten, hatten wir nur noch wenig Interesse. Eigentlich seltsam. Wir sind mal ein Wochenende in Paris gewesen und einmal vierzehn Tage auf Korsika. Aber das war viel später. Richtig rumgekommen war ich bis dahin eigentlich nur im Krieg. Ich …«

»Erzähl mir nichts vom Krieg, Martin«, erinnerte ich ihn.

Stattdessen erzählte ich vom Sommerabend an der Oosterschelde, in Bergen-op-Zoom, einem Ort, der eher im als am Wasser lag, direkt am Rande der Sturmflut von 1953, die Teile von Zeeland weggespült und beinahe zweitausend Menschen getötet hatte, aber das wussten wir damals nicht. Rings um uns Wasser, darüber ein roter Sonnenball, der sehr langsam versank. Tische und Stühle auf einem Rasen oder einer Terrasse, hier ist mein Bild unscharf. Tagsüber waren wir auf der Rückfahrt noch einmal an Antwerpen vorbeigekommen, das jetzt südlich von uns lag, in unserem Rücken gewissermaßen, mit dem wir aber durchs Wasser noch immer verbunden waren.

Eine Jugendherberge, oder eher ein Jugendhotel. Mit dem Herbergsväterlichen, dem Turnväterlichen gar, hatten es die Niederländer schon damals so wenig wie ihre belgischen Nachbarn. Wir waren fast immer die Jüngsten in den Herbergen, die wir auf dieser Reise aufsuchten, die meisten waren achtzehn und älter, so auch hier. Trotzdem wurden wir nicht weggeschickt, als die Party in der Abendsonne begann. Jemand hatte einen dieser kleinen tragbaren Plattenspieler dabei, mit Platz für jeweils eine Single, die von vorn durch eine Klappe eingeschoben wurde. Platten wurden jetzt von allen Seiten herangetragen, jeder schien Musik dabeizuhaben, nur wir nicht. Chubby Checker erinnerte sich ans letzte Jahr, *when the things were humming*, und rief zur Wiederholung auf: *Let's twist again,* und fast alle folgten ihm. Ich blieb am Rande stehen, als dürfte ich eine bestimmte Schwelle nicht überschreiten, konnte aber auch nicht weggehen, als sei ich gebannt. Geert mischte mit, er war zwei Jahre älter als ich. In Belgien hatten wir ein junges Paar auf Fahrrädern plötzlich in einen Wald abbiegen sehen, und mein Freund stellte in beinahe sachlichem Ton fest: »Die gehen jetzt ficken.« Ich stritt das vehement ab. »Warum sollten sie sonst in den Wald fahren?«, fragte er, und darauf wusste ich nichts zu antworten.

Die Musik in der beginnenden Abenddämmerung wiederholte sich, so viele Platten waren dann doch nicht zusammengekommen. Ein deutscher Schlager war dabei, der mit den Zeilen begann: *Ich mach mir nichts / aus Pilzen und aus Sahne / ich mach mir nur, mein Schatz, etwas aus dir.* Möglich, dass die Herbergsbetreiber das beigesteuert hatten, ebenso wie *Zwei kleine Italiener.* Die Holländer waren zwar nicht turnväterlich, aber sie liebten deutsche Schlager. Dann wieder Chubby Checker, Connie Francis, Little Eva.

Und dann immer wieder auch dies, am Ende das Lied des

Abends: *I'm gonna knock on your door / Ring at your bell / Tap on your window, too / If you don't come out tonight / when the moon is bright / I'm gonna knock and ring and tap until you do …* Das pure Begehren, das sich auf keinen Fall abschütteln lässt, ein unmissverständlicher Rhythmus, der sich selbst mir mitteilte, noch immer am Rande, während die Dämmerung sank und sich im Zwielicht Paare bildeten. Geert kam erschöpft, aber fröhlich zu mir zurück. Unter den jungen Männern waren Franzosen, Italiener, Marokkaner womöglich, da hatte er keine Chance. Eine Weile standen wir noch in der Dunkelheit, in der ein paar Kerzenlichter flackerten, und lauschten den geflüsterten Versprechen der Zukunft, vielleicht schon des nächsten Sommers.

Als der Bilderbogen dieser Reise an mir vorüberzog, begriff ich vielleicht zum ersten Mal, dass meine *innere Westbindung*, wie ich sie Freunden gegenüber ironisch gern nenne (Ulrich Goergen hält diese Wortschöpfung für meine *bedeutendste Lebensleistung*, wie er sich einmal ausdrückte), dass meine *innere Westbindung* also vermutlich mit irgendwelchen Werten, womöglich noch mit universellem Anspruch, rein gar nichts zu tun hat, sondern allein mit den Farben und den Bildern, die sich mir auf meiner ersten großen Reise in die Welt eingebrannt haben und die ich später in den drei anderen Himmelsrichtungen nirgendwo wiederfand.

18 Moffenerbe

Was von diesen Stationen Erinnerungsbild hinter meinen geschlossenen Augenlidern blieb, gestern vor dem indonesischen Lokal in Venlo, und was ich Martin davon erzählt habe, weiß ich nicht mehr genau. Erzählt habe ich ihm auf jeden Fall das Ende der Reise, und das ging so:

»Am letzten Tag mussten wir mehr als hundertdreißig Kilometer fahren, um nach Hause zu kommen, denn wir hatten kein Geld mehr. Immer gegen den Wind, denn in den Niederlanden, vor allem in den nördlichen Provinzen, kommt die Brise allzeit von vorn, egal, in welche Richtung du fährst. Das kennst du sicher.«

»Nicht nur in Holland«, sagte Martin. »Im Prinzip immer, wenn man auf dem Fahrrad sitzt. Heute ist die Ausnahme.«

»Ja. Heute ist der beste Tag der Welt. Damals aber fühlte ich mich nach halber Strecke weiter von zu Hause weg als noch in Lille. Die wenigen belegten Brote, die wir aus der letzten Herberge mitgenommen hatten, waren bis zum frühen Nachmittag aufgegessen. Schon war August, die Dämmerung fiel früher als noch vor drei Wochen. Die Farben Westeuropas, die wir so gierig in uns aufgenommen hatten, verwandelten sich in Grau und Schwarz. Zwanzig Kilometer vor der deutschen Grenze bog Geert in die Stichstraße zu einem Bauernhof ein, der etwa fünfzig Meter rechts von der Straße lag, um nach etwas Brot und Wasser zu fragen.«

»Brot und Wasser«, sagte Martin, »wie die Sträflinge.«

»Ich wartete an der Straße. Geert kam nach fünf Minuten zurück. Sein Gesicht konnte ich kaum noch erkennen, weil es inzwischen ganz dunkel geworden war, aber seine Stimme pendelte zwischen Angst und Empörung. Der Bauer hatte ihn angeschrien. Was fiel uns ein, uns Deutschen, wussten wir nicht mehr, was wir hier angerichtet hatten? Natürlich wussten wir das nicht, wir waren nicht dabei gewesen, aber Deutsche waren wir eben doch. Wir sollten verschwinden, er würde sonst die Polizei rufen wegen unserer Bettelei. Wir sollten sehen, dass wir so schnell wie möglich nach Deutschland kämen. Das taten wir dann auch, mit leerem Magen und den Blick verbissen in die Dunkelheit gerichtet. Spätabends kam ich bei meinen Eltern an, die überhaupt noch nicht mit mir gerechnet hatten, und aß mich satt.«

»Ja«, sagte Martin, »bei den Kollegen auf der anderen Seite sind wir auch immer *die Moffen* geblieben. Sie haben es uns nicht ins Gesicht gesagt, aber Sie haben es gedacht. Dabei waren unsere Kontrollen oft viel freundlicher und nachlässiger als bei denen. Zum Glück kam ich ja erst nach dem Krieg zum Zoll, während ein paar von den älteren Kollegen schon früher an der Grenze gestanden hatten, während des Krieges. Aber ich erzähl dir nichts vom Krieg.«

Dann zahlten wir, nahmen unsere Räder und radelten träge durch den Spätsommertag nach Granderath zurück, zwei alte Männer an der Staatsgrenze West. In Straelen sah ich auf der Venloer Straße den jungen Mann von den Grünen vor dem Eissalon sitzen und winkte ihm im Vorbeifahren zu. Irritiert winkte er zurück.

19 Der Flug der Roselmeise

Nachts war ich mit einem deutschen Schriftsteller, den ich gut kannte, aber dessen Name mir während des ganzen Weges nicht wieder einfallen wollte, auf einer Wanderung nach Luxemburg unterwegs, wobei ich mich ganz seiner Führung überließ. Als wir in ziemlicher Höhe aus Trier kommend unter blau-weiß getupftem Himmel die grüne Grenze passierten, zeigte der Schriftsteller auf einen schwarz-weiß-grün gefiederten Vogel, der unter den zarten Wolken flog und den ich für einen größeren Greifvogel hielt, andernfalls hätte man ihn in solcher Höhe gar nicht so genau sehen können.

»Aber nein«, sagte der Schriftsteller, »das ist eine Roselmeise. Die gibt es nur in dieser Gegend hier.«

Dann stiegen wir von oben in die Stadt Luxemburg hinab und tranken auf einer Wirtshausterrasse einen Grauburgunder. Plötzlich saß statt des Schriftstellers mein Psychoanalytiker aus alten Zeiten neben mir und nickte mir ernst zu. Er forderte mich auf, ohne zu überlegen und ohne innezuhalten, die fünf Wörter zu nennen, die mir am meisten Übelkeit verursachten, das sei für den Abschluss der Therapie sehr wichtig.

Ich begann sofort zu schwitzen und sagte mit aufgeregter hoher Stimme:

»Kreativität, Lesevergnügen, Mutterwitz, Volksverräter und und …«

Mein Analytiker sah mich streng an und sagte:

»Das sind erst vier, ich hoffe, das wissen Sie.«

»Kreativität, Lesevergnügen, Mutterwitz, Volksverräter!«, fing ich wieder an, von Wort zu Wort lauter werdend, und dann stockte ich erneut. Irgendetwas musste noch kommen, es ging hier nicht um die erfolgreiche Therapie, sondern um Leben und Tod, das wusste ich. Plötzlich fiel es mir ein und ich schrie, nein brüllte:

»Elbflorenz! Elbflorenz! *Elbflorenz* ist das Wort, bei dem mir sofort das Kotzen kommt! Das allerentsetzlichste Wort überhaupt!« Dann lachte ich und brach in Tränen der Erleichterung aus, es schüttelte mich durch, und mein Analytiker klopfte mir sanft auf die Schulter, was er noch nie getan hatte und auch gar nicht darf, glaube ich, und sagte:

»Es ist doch gut, beruhigen Sie sich. Es kam gerade noch rechtzeitig. Nehmen Sie einen Schluck von dem schönen Grauburgunder.«

Ich zeigte zum Himmel auf den schwarz-weiß-grünen Leichtflieger, der über der Terrasse schwebte, und fragte ihn, ob er wisse, wie dieser Vogel heißt.

»Nein«, sagte mein Analytiker, »da muss ich passen.«

»Sehen Sie«, sagte ich, »Sie wissen auch nicht alles. Das ist eine Roselmeise, der schönste Vogel dieser Region.«

20 Giuseppe und Maria

Die Kinder sind wieder weg, vermutlich am frühen Morgen verschwunden, zur gewohnten Zeit meines Tiefschlafs. Sie haben meine Bargeldreserve für Notfälle mitgehen lassen, die ich in der Schreibtischlade im Wohnzimmer aufbewahre, waren aber so nett, mir meine Bank- und Kreditkarten zu lassen. Für mich ist das auch ein Indiz, dass sie sich wirklich selbstständig durchschlagen und nicht im organisierten Auftrag unterwegs sind.

Sie standen gestern am späten Nachmittag vor der Tür. Warum sie sich mein Haus ausgesucht haben, weiß ich nicht genau, habe aber eine Vermutung. Wer so weit am Rand wohnt, haben sie gedacht, von den Anderen deutlich getrennt, der gehört vielleicht auch nicht ganz dazu. Er wird uns wohl kaum verpfeifen.

Der Junge war nach eigenen Angaben dreizehn, aber ich denke eher, dass er erst elf war. Seine Jeans wirkten schon etwas verschlissen, dafür sah das T-Shirt mit großem Logoaufdruck frisch erworben aus. Auf seinem dunklen Lockenkopf trug er die übliche umgedrehte Baseballkappe. Das Mädchen, ebenso lockig, aber blond, trug sehr neue Jeans, weiter geschnitten und kurz über den Knöcheln hochgekrempelt, und ein weißes Sweatshirt mit dem schwarzen Aufdruck *Wonder Woman*; sie gab sich als Zwölfjährige aus, was stimmen mochte. Beide hatten kleine Rucksäcke bei sich.

Ob sie eine Nacht bei mir bleiben könnten. Sie hätten

schon einen weiten Weg hinter sich, auf dem sie ihre Eltern verloren hätten. Sie seien jetzt auf dem Weg zu ihrem Onkel, der schon lange in Deutschland lebte. Als ich fragte, woher sie kamen, gab es ein kurzes Zögern, als müssten sie sich auf ihre Geschichte besinnen, dann kam aber schnell die Antwort Serbien. Dasselbe kurze Zögern, als ich fragte, ob sie Geschwister seien, dann beantworteten sie die Frage positiv. Ich weiß nicht, warum ich ihnen Serbien glaubte, die Geschwister aber nicht.

»Wo wohnt denn euer Onkel?«

»In Osnabrück.« Das kam schnell, aus dem Stand, war fest in ihrer Legende verankert. Es gab vielleicht auch irgendjemanden, den sie in Osnabrück kannten, es musste nicht unbedingt ein Onkel sein. Dann hatte ihre Reise ein Ziel. Ich hatte keine Lust zu fragen, ob sie eine Adresse hatten, vielleicht sogar eine Telefonnummer ihres Onkels, keine Lust, die Wahrheiten von den Halbwahrheiten und diese wieder von den Lügen zu trennen. Diese Kinder hatten auf jeden Fall ihre Gründe, unterwegs zu sein, und sie waren für diese Gründe nicht selbst verantwortlich. Ich wollte nicht der holländische Bauer von 1962 sein, der uns nicht einmal zu essen und zu trinken hatte geben wollen. Ich wollte schon gar nicht der sein, der sie *den Behörden übergab.* Ich war mir im Übrigen ganz sicher, dass sie nur einen Tag bei mir bleiben und mich nicht weiter in Schwierigkeiten bringen würden. Woher ich diese Sicherheit nahm, kann ich nicht sagen. Vielleicht war es die Art, wie sie angezogen waren, wie sie vor mir standen, die mir sagte, dass diese beiden Kinder noch viel vorhatten, dass sie, auf welche Art auch immer, ganz gut für sich sorgen konnten und weiter wollten.

Sie hießen Zlatko und Blaženka, und auch das glaubte

ich ihnen, aber für mich nannte ich sie *Giuseppe und Maria*, nach dem letzten großen Buch meiner Kindheit, das ich zwei Jahre vor meiner ersten großen Reise durch Westeuropa gelesen hatte, und in dem die Genannten sich in den süditalienischen Wirren während des Vormarschs der Alliierten 1943 durchschlagen. Wie hatte ich dieses Buch geliebt, mit seinen Dieben, Händlern, Bauern und Banden, mit seinen Szenen aus Neapel, Anzio und Rom, mit seinen kindlichen Streunern, wie sehnsüchtig hatte es mich gemacht, als ich es las in unserem hübschen kleinen Haus mit dem Walnussbaum vorm Fenster, in meiner hübschen kleinen behüteten Kindheit!

Ich machte ihnen etwas zu essen, fragte sie aber nicht weiter aus, woher genau sie jetzt kamen und wie lange ihre Reise schon dauerte. Ich wollte sie nicht zur Geschichtenproduktion zwingen, nicht dazu zu lügen, nicht dazu, mehr von sich preiszugeben, als sie selbst es wollten. Und das war wenig. Von einem Dorf im mittleren Serbien war die Rede, dessen Namen ich nicht verstand, und später davon, dass sie noch nie am Meer gewesen waren. Eigentlich sprach nur Maria, und Giuseppe nickte dazu. Ich spürte, dass sie zu essen und zu trinken und einen Schlafplatz haben und ansonsten in Ruhe gelassen werden wollten, und ich hielt das für einen berechtigten Wunsch. Zuerst spielten sie etwas mit ihrem Smartphone, dann baten sie mich, den Fernseher anzustellen. Das tat ich und gab ihnen die Fernbedienung in die Hand, und fünf Stunden später weckte ich sie sanft, nachdem ich ihnen im selben Raum das Gästebett zurechtgemacht hatte, das ich vor drei Jahren gekauft und in dem noch nie jemand geschlafen hatte.

Als ich dann heute Morgen gegen neun ins Zimmer kam, waren die beiden Vögelchen schon ausgeflogen, bei fast lautlosem Flügelschlag. Damit musste ich gerechnet haben, denn ich war nicht enttäuscht und fühlte mich nicht hintergangen. Ich wäre vielleicht eher enttäuscht gewesen, wenn sie noch da gewesen wären. Auch, dass mein Bargeld verschwunden war, verbitterte mich nicht. Ich hätte es ihnen ohnehin mitgegeben. Mein Portemonnaie mit den Karten steckte unangetastet in der Innentasche meiner Jacke an der Garderobe. Einen Augenblick bedauerte ich, nicht etwas neugieriger gewesen zu sein, nicht ein wenig mehr über sie erfahren zu haben. Dann entdeckte ich die Zeichnung, die auf dem Schreibtisch lag.

Sie war mit einem weichen Bleistift auf einem der weißen Blätter angefertigt worden, die stapelweise immer auf meinem Schreibtisch liegen, und zeigte das Zimmer in einer vollendeten Skizze, in der kein Strich zu viel und keiner zu wenig war. Giuseppe und Maria, meinetwegen auch Zlatko und Blaženka, saßen auf dem Sofa vor dem Fernseher. Im Fluchtpunkt der Skizze sah man mich im Türrahmen stehen, den Kopf leicht gesenkt und mit einer Miene, die so viel Freundlichkeit und Güte verriet, wie sie vermutlich noch nie jemand an mir entdeckt hatte.

Kaum etwas in meinem Leben ist für mich schmerzhafter gewesen als die frühe Entdeckung, dass ich nicht die einfachste Zeichnung anfertigen kann. Die Perspektive missrät mit Sicherheit, und selbst die simpelsten Linien und Strichkombinationen gleiten sofort ins Unförmige, Klobige und Groteske ab. Ich kann kein Gesicht, kein Schaf, keinen Tisch und keinen Stuhl zeichnen; nicht einmal einen Bleistift, einen Löffel oder ein Messer kann ich zeichnen.

Vermutlich hängt das mit derselben merkwürdigen Schaltung in meinem Gehirn zusammen, die dafür verantwortlich ist, dass ich eine Computermaus nur mit der linken Hand bedienen kann, obwohl ich in allen anderen Belangen ein ausgemachter Rechtshänder bin. Könnte ich zeichnen, könnte ich die Linie zum Leben erwecken und erzählen lassen – von all diesen Aufzeichnungen hier existierte nicht ein einziges Wort. Stattdessen wäre ich vermutlich ein Mann ganz nach dem Sinn von Degas, *ein Mann, der eine Hand so reizend, so wundervoll, so schwer wiederzugeben findet, dass er sich sein ganzes Leben einschließt und damit zufrieden ist, nichts anderes zu machen, als Fingernägel zu skizzieren.*

Die Zeichnung, die Zlatko mir hinterlassen hat – er hat sie mit seinem Vornamen signiert, und ich hoffe, ich werde alt genug, um sein späteres Werk noch kennenzulernen –, ist von einer solchen Vollkommenheit, dass sie mit den rund vierhundert Euro, die da in meiner Schreibtischlade warteten, lächerlich unterbezahlt ist.

Später ging ich *in die Stadt*, also Granderath Ortsmitte, und hielt ein bisschen die Ohren offen, im Supermarkt, an der Tanke, wo ich einen Riegel Schokolade kaufte, und im Stehcafé. Die beiden Kinder waren nach meiner Schätzung etwa zwischen halb sieben und halb acht aufgebrochen, und Teile Granderaths sind da schon in Betrieb, die Pendler etwa und außerdem jene Alten, die nicht mehr lange schlafen können und zu denen ich immer weniger gehöre, weil mein Schlafbedürfnis von Jahr zu Jahr wächst. Ich wollte herausfinden, ob jemand die beiden bemerkt hatte, ob jemand vielleicht sogar *Schritte unternommen* oder irgendwelche *Organe benachrichtigt* hatte. Irgendwie hatte ich das Bild im

Kopf, sie seien am frühen Morgen mit ihren Rucksäcken Hand in Hand die Granderather Hauptstraße hinuntergegangen und vielleicht von einem besorgten Bürger angehalten worden. Aber an keiner der Stellen, an denen ich mich herumtrieb, war von zwei kindlichen Streunern die Rede, Ausländern zumal, Flüchtlingskinder womöglich oder Angehörige einer organisierten Diebesbande, vielleicht geführt von irgendeiner mafiösen rumänischen oder kosovarischen Organisation. Nein, die Granderather sprachen über die unerwartete Schönheit dieser Septembertage, und ich schloss mich ihnen aus vollem Herzen an.

21 Verräter wie wir

Ich wusste sofort, dass ich Martin die Geschichte von meinen Übernachtungsgästen, den ersten, seit ich in Grenderath wohne, nicht erzählen konnte. Das würde ihn zu sehr mit seinem alten Zollbeamtendasein, mit seiner Existenz als ehemaliger Angehöriger der Staatsorgane in Konflikt bringen. Zwar würde er für meine Handlungsweise Verständnis haben, aber sie ginge ihm doch gegen den Strich, und das wollte ich nicht, schon gar nicht nach unserem wunderbaren Fahrradausflug vor kurzer Zeit. Ich hatte zwar auch dem Staat gedient, aber nie als Angehöriger des Apparats. Wir Berater haben ja eher den Status von Künstlern und werden auch wie diese entsorgt, wenn man uns nicht mehr braucht. Die gegenseitige Loyalität ist nur schwach ausgeprägt.

Erst nach ein paar Tagen fiel mir ein, dass *meine beiden Kinder* an dem bewussten Morgen auch in die andere Richtung gegangen sein konnten. Im Nu wären sie in Tingeloo gewesen, vorbei an den drei weißen Häusern, deren Bewohner vielleicht noch wie ich im Tiefschlaf lagen, und an dem geduckten Klinkerbau des Bordells, bei dem um diese Zeit mit Sicherheit der Schriftzug *open* noch nicht aufleuchtete. Selbst wenn sie wirklich nach Osnabrück wollten, hätten sie sich auch auf der anderen Seite der Grenze nach Norden durchschlagen können. Sie waren gewiss schon eine ganze Weile unterwegs und hatten dabei ausreichende Erfahrungen gesammelt, um sich nachgerade partisanenhaft zu bewegen, lautlos und wendig wie der Fisch im Wasser.

Vielleicht hatten sie mit dem Osnabrücker Onkel bewusst eine falsche Spur gelegt, damit man sie gegebenenfalls auf dieser Seite der Grenze suchte; vielleicht haben sie aber tatsächlich einen Onkel in Holland, womöglich in Amsterdam. Wie sehr ich ihnen das wünschen würde!

Die schönen Tage waren vorbei, als ich mich gestern auf den kurzen Weg nach Tingeloo machte. Temperatursturz und Sprühregen bei Westwind; ich lief direkt in den feinen Niesel hinein, der mir waagerecht ins Gesicht geweht wurde. Ich wartete lange vor der Tür, als ich bei Mijnheer Groeneveld geklingelt hatte; beinahe vermutete ich schon, er sei verreist – verreiste er jemals? ich hatte keine Ahnung –, bis ich ein Rascheln sich der Tür nähern hörte, ein Schlurfen auch, etwas, das auf Anstrengung deutete, dann drehte sich von innen der Schlüssel im Schloss.

»Ich komme ungelegen«, sagte ich, als ich ihn im Morgenmantel vor mir stehen sah, ausnahmsweise nicht weiß, sondern marineblau.

»Sie kommen niemals ungelegen«, sagte er, mit rasselndem Atem, »ich habe nur seit ein paar Tagen eine lästige Bronchitis, sehr hartnäckig. Kommen Sie schnell herein. Ich habe gerade Tee gekocht.«

Auf einmal machte ich mir Sorgen um den alten Mann. Um Martin habe ich mir noch nie Sorgen gemacht. Er hat im Notfall seine Kinder und seine Enkel; er lebt seit Jahrzehnten in Granderath und hat genug Nachbarn, die ein Auge auf ihn haben, und ohnehin glaube ich, dass er wenigstens hundert Jahre alt wird und mich vielleicht noch überlebt. Groeneveld aber war allein, und jetzt stellte ich mir so einfache Fragen wie: Wie und wo kauft er ein, oder wer kauft für ihn ein? Wer sorgt dafür, dass sein schönes Haus immer so sauber und aufgeräumt wirkt? Wer erfährt davon, wenn es ihm plötzlich schlecht geht, lebensgefährlich schlecht sogar?

»Sobald das schlechte Wetter kommt«, sagte Groeneveld, während ich mir solche Gedanken machte, »fange ich mir schnell was ein. Da bin ich seit zwanzig Jahren sehr empfindlich. Eigentlich müsste ich ganz woanders leben, in Südfrankreich oder in der Toskana, das wäre für meine Gesundheit das Beste. Daran habe ich auch eine Weile gedacht. Aber jetzt ist es für einen so großen Umzug zu spät.«

Ich konnte meine besorgten Fragen nicht länger für mich behalten und sah das so amüsierte wie dankbare kleine Lächeln, als ich sie stellte. Ich erfuhr, dass er sich mit Lebensmitteln aus Venlo oder manchmal auch aus dem Granderather Supermarkt beliefern ließ, dem man ja irgendwie *unter die Arme greifen* müsse. Ich erfuhr, dass einmal wöchentlich zum Putzen Grazyna zu ihm kam, übrigens aus Granderath, also ein grenzüberschreitender Arbeitsplatz, der praktizierte europäische Gedanke. Und auf die letzte Frage, die ich gar nicht stellte, die er aber in meinen Augen las, erfuhr ich, dass er selbstverständlich über einen sehr ausgeklügelten Hausnotruf mit einem Hilfsdienst verbunden sei, der über ein mobiles Ortungssystem sogar funktioniere, wenn er unterwegs sei, aber das sei er ja kaum noch. Im Übrigen rufe der Hilfsdienst einmal täglich von sich aus an und werde sehr schnell hier sein, wenn nach wiederholtem Versuch kein Kontakt zustande käme.

»Auch die Nachbarn, so wenig wir miteinander zu tun haben, würden argwöhnisch, wenn sie mich mehrere Tage nicht sehen würden. Ich werde hier nicht erst nach Wochen entdeckt werden, schon im Zustand fortgeschrittener Verwesung«, sagte er. »Das will ich den Lebenden nicht zumuten. Freunde, die mal nachfragen würden, habe ich allerdings nicht. Verräter wie wir haben meistens keine Freunde, das wissen Sie doch. Aber jetzt habe ich ja einen literarischen Nachlassverwalter, der sich sogar schon zu Lebzeiten um mich kümmert. Ich habe einen neuen Anfang, wollen Sie mal sehen?«

Der neue Anfang lautete: *So ist die Welt; wer nichts ist, wer es geschehen lässt, dass aus ihm nichts wird, hat keinen Platz darin.*

»Mmh«, sagte ich, »sehr entschieden, sehr programmatisch.«

»Schon«, sagte Groeneveld, »aber erstens entspricht es den Tatsachen, und zweitens ist alles Mögliche daran anschlussfähig, weil das Erzählen noch gar nicht angefangen hat.«

»Das stimmt. Und, haben Sie einen Anschluss?«

»Ich habe mehrere Möglichkeiten herausgesucht, mich aber noch nicht entschieden.« Er zog drei Zettel heraus, die hinter der letzten Seite seiner eindrucksvollen Kladde deponiert waren, und las vor: *Die ganze Nacht hatte es geregnet, einmal hatte mich der Regen geweckt, so heftig war er gewesen. Jetzt brach die Sonne durch, und die Dinge, noch nass, begannen zu glänzen.*

»Klingt vielversprechend«, sagte ich, »aber es ist klar, dass Sie sich damit schon mal für einen Ich-Erzähler entschieden haben.«

»Sicher«, nickte Groeneveld, »alternativ habe ich das hier: *Du zwängst dich durch die schmale Öffnung, dann ergreifst du deinen dunklen, flaschengrünen Koffer aus genarbtem Leder, diesen nicht zu großen Koffer eines Mannes, der zu reisen gewohnt ist.*«

»Oh je«, sagte ich, »zweite Person als innerer Monolog. Da werden Sie aber so sehr viel nicht finden.«

»Das habe ich mir dann auch gedacht. Als dritten Anschluss habe ich das hier vorzuschlagen: *Eduard, so nannte sich ein schöner schlanker Mann Anfang dreißig mit feingliedrigen Händen und sanfter Stimme, Eduard kam eines Abends müde aus dem großen, gegen das Tal und den Bach hin abfallenden Garten herauf.*«

»Das wäre dann die dritte Person.«

»Das wäre die dritte Person, ja, aber es würde mich nichts daran hindern, später ein Ich als den eigentlichen Erzähler einzuführen, der zunächst einmal einen Blick auf Eduard und vielleicht auch noch auf andere Personen wirft. Ich hätte dann eine viel größere Textmenge, aus der ich meine Farben mischen könnte.«

»Sehr geschickt, zugegeben. Da Sie schon bei der Bildenden Kunst angelangt sind, ich möchte Ihnen etwas zeigen, eine Zeichnung. Aber setzen wir uns doch wieder, das lange Stehen tut Ihnen bestimmt nicht gut.«

Ich hatte Zlatkos Blatt mitgenommen, sorgfältig in einer Cellophanhülle verpackt und zuvor in Seidenpapier eingeschlagen. Groeneveld war ja, wie ich aus der Einrichtung seines Hauses ablesen konnte, ein kunstverständiger Mann. Als ich es ausgewickelt hatte und ihm vorlegte, war er so entzückt, wie ich es beim ersten Anblick gewesen war. Er fragte mich, ob ich den Künstler persönlich kenne, oder ob ich das Blatt erworben hätte, und ich sagte:

»Beides« und erzählte ihm die Geschichte, die zu der Zeichnung gehörte.

»Ja«, sagte er, »die beiden Kinder habe ich letzte Woche hier auf der Straße vorbeigehen sehen. Hand in Hand, jedes mit einem kleinen Rucksack. Im ersten Moment wollte ich sie reinrufen und fragen, ob ich ihnen helfen könnte, aber dann dachte ich, das würde ihnen eher Angst machen. Sie sahen im Übrigen nicht aus, als bräuchten sie Hilfe, sondern im Gegenteil sehr ausgeschlafen und unternehmungslustig, wenn ich das so sagen darf. Wollen wir hoffen, dass sie gut vorankommen. Und dass sie irgendwo angelandet sind, bevor der Winter kommt.«

22 Zeichenstunde

Nachts saß ich mit etwa zwanzig anderen Teilnehmern im *Grundkurs Zeichnen* in der Wächterstraße 34 in Leipzig. Es dauerte eine Weile, bis ich begriff, dass unser Dozent kein Anderer war als Goethe. Einen Augenblick fragte ich mich, warum nicht Leonardo dort vorn stand, oder Degas, aber es war unzweifelhaft Goethe. Seine Gestik war überaus harmonisch, besänftigend, beinahe einschläfernd, aber im Gegensatz zu meinen Mitstudenten verstand ich nichts von dem, was er sagte. Er redete in einer fremden Sprache, die mich an keine andere mir bekannte erinnerte. Frankfurterisch konnte es nicht sein, das verstehe ich ganz gut. Ich wandte mich an meinen Nebenmann und fragte ihn, in welcher Sprache der Dozent da vorn – ich nannte ihn nicht beim Namen – denn rede. Mein Nebenmann sah mich erstaunt an und sagte: »Weimarer Labyrinth, hört man das nicht?« Dann wandte er sich wieder seiner Arbeit zu, nach Goethes Anweisungen.

Plötzlich schrie Goethe auf gut Deutsch: »Fertig! Bleistifte aus der Hand!« und begann, mit schnellen Schritten durch die Reihen zu gehen. Zuweilen gab er knappe Kommentare ab, die ich wieder nicht verstand, bis er zu mir kam und plötzlich in mir völlig verständlichem Deutsch sagte, wobei er auf mein vollkommen leeres Blatt deutete: »Solange das nicht ins Absurde geht, erträgt man's auch gern.« Und einer der Studenten, vermutlich sein Favorit und Oberschleimer, kam gleich hinterher und sagte: »Sie peitschen den Quark, als ob nicht etwa Crême daraus werden wolle.« Dann fing der ganze Kurs an zu lachen, und ich erwachte. Wie? *Schweißgebadet* natürlich, wie es sich gehört.

23 Von der Freundschaft, von der Angst

Ein kräftiger Herbssturm aus Westen, der die Bäume krümmt und hier und da auch Zweige und Äste knickt. Eigentlich eine Zeit des Rückzugs; man schließt die Türen und die Fenster und wartet, bis es vorüber ist, aber ich bekam schon wieder Besuch. Jahrelang hat außer Martin niemand mein Zollhaus betreten. Nun ist zuerst der junge Mann dagewesen, den ich vergrault habe, was mich noch immer schmerzt, dann die beiden Kinder, und vor vier Tagen stand plötzlich Ulrich Goergen vor meiner Tür.

Wir hatten uns zuletzt vor zwei Jahren gesehen, als ich nach einem Besuch bei Manuel einen Abstecher nach Frankfurt machte und ein paar Stunden in der Villa in der Klettenbergstraße zubrachte, bevor ich nach Hause fuhr. Ulrich ist seit einigen Jahren emeritiert und schreibt Bücher, wenn er Lust dazu hat, keine systematischen Schinken zu irgendwelchen Philosophenstreits, sondern eher Essays, um nicht zu sagen Essais. Er war immer mehr ein Montaigne als ein Hegel gewesen und hatte uns schon damals, beim Fußballspielen in den frühen Siebzigern in Berlin-Schmargendorf, erzählt, dass der Weltgeist ein großer Quatsch sei und wir auf den lieber nicht zählen sollten. Manche von uns mochten das nicht glauben, da sie zu jener Zeit eben diesem Weltgeist in seiner angeblich vom Kopf auf die Füße gestellten Form anhingen. Das kümmerte Ulrich indes wenig, weil er niemals in seinem Leben versucht hat, einen

Anderen von irgendetwas zu überzeugen, sondern ein unbeirrbarer Anhänger des Benjamin'schen Satzes *Überzeugen ist unfruchtbar* blieb.

Er wolle um Gottes willen nicht bei mir übernachten, war das Erste, was er sagte, als er vor meiner Tür stand. Mir nicht zur Last fallen. Er sei bestens untergebracht im *Breidenbacher Hof* in Düsseldorf. Aber er habe mich unbedingt mal wiedersehen wollen.

Im letzten Satz hörte ich unausgesprochen ein *noch einmal wiedersehen* mit und war leicht verstört. Es gibt auf meiner Seite keinen Grund, mich *noch einmal* sehen zu wollen oder gar zu müssen. Ich bin, wie mir zunächst der alte, dann der neue Granderather Arzt regelmäßig jedes Jahr bescheinigt hat, kerngesund. »Sie sind so furchterregend gesund«, hatte der alte mir im letzten Jahr seiner Praxis gesagt, »dass man sich schon beinahe Sorgen machen muss. Normal ist das nicht für Ihr Alter.« Darin hatte ich sogar einen milden Tadel gehört, als sei meine Gesundheit irgendwie ein wenig elitär, gewissermaßen ungerecht gegenüber allen, die es nicht so gut getroffen hatten. Und der neue Arzt, dieser Landarzt aus Überzeugung, hat mir vor kurzem angedroht: »Wenn Sie so weitermachen, können Sie ohne Weiteres noch drei Jahrzehnte leben.«

Ulrich und ich tranken Tee im Wohnzimmer und horchten auf den Sturm draußen. Ich erzählte von meinem Zöllner und von meinem Landesverräter, von meinem Schmitt-Doktoranden und schließlich von *meinen Kindern.* Je länger ich erzählte, desto mehr nahm meine Dankbarkeit für seinen Besuch zu, weil ich begriff, dass ich seit langer Zeit wieder mit jemandem sprach, dem ich ohne Berechnung und ohne Selektion einfach alles erzählen konnte, wonach mir war. Bei Martin Taubert, so sehr ich ihn mochte, war das nicht der Fall, und bei Herrn Groeneveld, den ich einfach noch nicht lange genug kannte, auch nicht. Mit Manuel Hertz sprach ich naturgemäß vor allem über meine Vermögensverhältnisse – und anlässlich seiner Albträume auch über seine –, und wenn ich auch glaube, dass Manuel meinen sonstigen Geschichten gern zuhören und sich darüber amüsieren würde, so ist er doch ein Vierteljahrhundert jünger als ich, und das zählt, wenn ich auch nicht genau weiß, wie viel es zählt. Zu Leo, dem ich früher alles erzählen konnte, war der Kontakt von Jahr zu Jahr brüchiger geworden. Ulrich Goergen, das verstand ich plötzlich, war vielleicht der einzige Freund, dem ich mich noch ohne Bedenken öffnen konnte. Vielleicht der einzige, den ich noch hatte. Um meine Rührung darüber nicht zu groß werden zu lassen und sentimentale Tränen zu vermeiden, zeigte ich ihm schnell die Zeichnung, die Zlatko mir hinterlassen hatte.

Uli war immer eine zierliche Person gewesen – damals in Schmargendorf waren wir erstaunt, wie so ein schmächtiges Hemd aus dem Fußgelenk Vierzigmeterpässe schlagen konnte, die dann auch beim Adressaten ankamen –, doch als ich ihn jetzt sah, wie er sich über die Zeichnung beugte, entdeckte ich, dass diese Zierlichkeit sich in etwas Hageres, Knochiges verwandelt hatte, als sei er von innen ganz und gar ausgehöhlt. Die Haut spannte sich über seine Knochen wie Pergament. Noch bei meinem letzten Besuch in Frankfurt war davon nichts zu sehen gewesen. Wenn man ihn kannte, konnte man diese Veränderung auch nicht als Symptom zunehmender Vergeistigung oder gar Askese lesen, denn Uli hatte sein Leben lang nie zur Askese geneigt und in seinen philosophischen Äußerungen immer die

Leiblichkeit des Denkens betont. Plötzlich begriff ich, warum er mich besuchen kam, *noch einmal.*

Der äußere Anlass war eine Tagung in Düsseldorf gewesen, eine sich über vier Tage erstreckende Vortragsreihe, zu der man auch ihn eingeladen hatte. Er hatte seinen Vortrag vorgestern gehalten. Veranstalter war die Kulturstiftung eines Industriellenverbandes, und Thema die Frage, wo wir heute stehen. Die geistige Situation der Zeit, das passt immer.

»Keine Ahnung, warum man mich dazu eingeladen hat«, sagte Ulrich. »Aber man bleibt ja irgendwie Professor, auch wenn man seinen Lehrstuhl geräumt hat. In diesen Stiftungen arbeiten zum Teil sehr kluge Leute, und das Kapital möchte auch nicht immer nur hören, was es sowieso schon weiß. Bei so einem Generalthema kann man alles erzählen, passt immer. Ich habe ihnen etwas über einen Pascal'schen Satz erzählt.«

»Dass wir nicht ruhig in einem Zimmer bleiben können und daher unser ganzes Unglück kommt? Oder das denkende Schilfrohr?«

»Ach was, diese Sachen sind viel zu oft durchgenudelt worden. Sie sind großartig, aber darüber sollte jeder wirklich ruhig in seinem Zimmer für sich nachdenken. Nein, es ging um das Vergnügen der Könige.«

»Das Vergnügen der Könige?«

»*Die Menschen beschäftigen sich damit, einem Ball oder einem Hasen nachzulaufen. Das ist sogar das Vergnügen der Könige.* Die Zuhörer fanden es unterhaltsam. Ich sah richtig, wie sie sich entspannten; sie hatten bis dahin wohl ziemlich schwere Brocken zu verdauen gehabt. Und danach erst recht, denn gestern zum Abschluss ist Der Große Philosoph gekommen und hat über Das Zwanzigste Jahrhundert gesprochen. Das war natürlich restlos ausgebucht. Die Tagung fand direkt im Hotel statt. Draußen die Königsallee, drinnen die Zeitdiagnose. Jeder Platz besetzt, viele Damen, die diesem Ereignis schon länger entgegengefiebert hatten, nahm ich an. Überwiegend Gattinnen, aber auch ein paar Studentinnen, schien mir. Dazu sämtliche Mitglieder nicht nur der Stiftung, sondern des Verbandes; so sah es wenigstens für mich aus. Modisch überall hochklassiger Stil und gelungenes Understatement.«

Dann war Der Große Philosoph in Begleitung des Vorsitzenden der Stiftung erschienen, der ein paar einleitende Worte sprach, die jedem klarmachen sollten, wen man hier vor sich hatte. Das wussten aber schon alle. Dann hatte der Eingeladene zu sprechen begonnen und dabei einen überraschend müden, erschöpften, auch ängstlichen Eindruck gemacht, erzählte Uli.

»Mir schien, er war von Anfang in Lauerstellung gegen mögliche Angriffe. Dabei musste er damit in diesem Kreis nun überhaupt nicht rechnen, zumal er kaum kontroverse Dinge vortrug. Das Zwanzigste Jahrhundert war wirklich grauenhaft, das weiß inzwischen doch jeder, auch die Leute im Publikum. Und jedes Publikum, auch wenn es gern mal was Neues hört, freut sich andererseits, wenn es von berufener Seite bestätigt bekommt, was es schon weiß. Deshalb viel Nicken und begeisterte Blicke hin und her, zuweilen auch verliebte Blicke nach vorn, obwohl Der Große Philosoph etwas zu schwitzen schien, dem oben geöffneten blassblauen Hemd unterm hellgrauen Anzug zum Trotz. Mit gerötetem Gesicht trug er wunderbare Bilder vor. Dem Publikum tat's richtig weh, wenn er von *chronisch reißenden*

Traditionslinien sprach, und gleich danach war von *Vektoren* die Rede, die den *Zug ins Kommende bestimmen*, was wiederum dazu führte, dass *der die Epochen trennende Riss sich in die Psyche der Individuen einprägt.* Das ist das, was ich am besten behalten habe, und dies noch: *Die Freien sind nicht nur jene, die einen Herrn abgeschüttelt haben; sie sind auch jene, die man ohne Erklärung auf offener Straße stehen gelassen hatte.* Da ging ein Seufzen und ein Nicken durch den Raum, da trafen sich leuchtende Blicke quer über die Sitzreihen, Gregor, und auch mich schüttelte es beim Gedanken an diese erklärungs- und begriffslosen Freien auf der Straße, die nicht wussten wohin. Ich kann doch wahrlich auch nicht schlecht formulieren, das wirst du zugeben, aber so einen Ton kriege ich nicht hin. Dazu diese halbsonore und elegische, beinahe etwas einschläfernde Stimme. So ging's also weiter, und gerade wegen der leichten Erschöpfung und Trauer, die Der Große Philosoph ausstrahlte, war es ein behaglich stimmender Vortrag. So hätten, nach dem anschließenden kleinen Imbiss, alle nicht nur zufrieden, sondern gestärkt nach Hause gehen können.«

Aber dann hatte sich in der kurzen anschließenden Diskussion, so erzählte Uli weiter, ganz am Ende ein junger Mann danebenbenommen, ein wissenschaftlicher Mitarbeiter an der Heinrich-Heine-Universität, wie sich später herausstellte. Er zitierte einen Kritiker Des Großen Philosophen, durchaus nicht zustimmend, sondern nur mit der Bitte um Stellungnahme, und das Gesicht Des Großen Philosophen rötete sich noch ein wenig mehr, bevor er anhob und den zitierten Kritiker einen *Kläffer* nannte, der unter *Beißwut* leide. So, wie vor fünfzig Jahren, als Uli und ich noch zur Schule gingen, ein ziemlich kurzfristiger Bundeskanzler zeitgenössische deutsche Schriftsteller als *Pinscher* bezeichnet hatte.

»Ich habe dann den Vorsitzenden der Stiftung bewundert, wie er ganz schnell und diplomatisch die weitere Diskussion abgebogen und zum Buffet übergeleitet hat, damit Der Große Philosoph nicht zum Rundumschlag ausholte und das Niveau des Abends nicht abstürzte. Der junge Mann ist danach sofort verschwunden. Er hatte Feingefühl genug und rettete damit die andächtig-feierliche Stimmung. Die ist am Buffet schnell in gemessene Fröhlichkeit umgeschlagen und in ein allgemeines Bewusstsein, auf der Höhe der Zeit zu sein.«

»Und du?«

»Ich bin sehr bald auf mein Zimmer gegangen. Auf der Höhe der Zeit wollte ich nicht stören. Du weißt ja, ich kann nur Ironie. Ja, ich weiß, dass der Satz dich nervt. Ich hatte übrigens vor der Veranstaltung daran gedacht, dich anzurufen und dich zu fragen, ob du nicht kommen willst, um Den Großen Philosophen mit mir zusammen anzuhören. Aber dann dachte ich mir, dass du wahrscheinlich keine Lust hättest.«

»Um Gottes willen, Uli. Solche Auftritte schaue ich mir schon seit Jahrzehnten nicht mehr an.«

»Es war unter einem bestimmten Aspekt nicht uninteressant, Gregor. Ich meine nicht die Leute und die bewundernden oder schmachtenden Blicke. Ich meine die Angst.«

»Die Angst?«

»Er ist langsam ein alter Mann, wie wir beide auch, und alte Männer haben Angst. Vor irgendetwas haben sie immer Angst, auch wenn es bei jedem etwas Anderes sein kann. Du zum Beispiel, wovor hast du Angst?«

»Ich weiß nicht recht«, sagte ich und überlegte. Dann fiel mir mein Traum wieder ein, in dem ich so verzweifelt das Wort *Elbflorenz* gesucht hatte. »Vor unseren ehemaligen Brüdern und Schwestern zum Beispiel«, sagte ich. »Wenn ich bedenke, wie nahe ich dabei war, als der Dicke den Mantel der Geschichte zu fassen bekam und wir in die Einheit schlitterten! Und wie wenig mich das berührt hat, bis heute. Verglichen etwa damit, dass es das *Broadway* in Köln auf der Ehrenstraße nicht mehr gibt. Oder die *Tomate* in der Aachener Straße. Oder das *Hammerstein's* in der Antwerpener.«

Uli lächelte und sagte: »Oder bei uns in Frankfurt die Huss'sche Buchhandlung. Ja, Gregor, wir Alten haben eben Angst, dass die Welt nicht mehr unsere ist, dass sie nicht mehr deutlich zu entziffern ist, und so ist es ja auch. Der Große Philosoph hat mir sogar ein bisschen leidgetan, als er da seine Sätze vorlas, glaub mir.«

Ich scheute mich, ihn zu fragen, wovor *er* Angst hatte.

»Warum bist du denn da eigentlich noch in Düsseldorf«, fragte ich stattdessen, »ich denke, die Tagung ist vorbei?«

»Ich habe um zwei Tage verlängert. Morgen kommt Barbara und holt mich ab. Dann machen wir eine kleine Reise. Zwei Wochen in Arles.«

»Ein bisschen spät im Jahr, findest du nicht?«

»Es ist dort auch im Oktober noch mild. Im Übrigen wollen wir keine Wildpferde in der Camargue einfangen oder an irgendeinem Strand liegen. Wir fliegen da runter, mieten uns ein Auto und fahren mal hierhin und mal dorthin.«

Erst jetzt stellte ich mir die Frage, wie er von Düsseldorf nach Granderath gekommen war.

»Ich bin mit dem Zug nach Krefeld gefahren und habe

von dort ein Taxi genommen, Gregor. Schließlich habe ich die Industrie nicht honorarfrei über das Vergnügen der Könige aufgeklärt und kann mir das leisten. Und jetzt brauche ich ein Taxi zurück.«

»Das kommt nicht in Frage«, sagte ich. »Ich fahre dich.«

»Keine Umstände.«

»Keine Widerrede.«

Eine Viertelstunde später rollten wir durch die leere Granderather Hauptstraße, die offiziell Straelener Straße heißt, in der Dunkelheit des frühen Oktoberabends. Der Sturm hatte etwas nachgelassen; die Granderather zogen es dennoch vor, in ihren Häusern zu bleiben. Die Laterne über dem *Grenzstübchen* war nicht erleuchtet: Ruhetag. Mich wundert ohnehin, wie sich die Kneipe hält, denn mehr als acht oder zehn Stammgäste verkehren dort nicht. Kommt noch einer aus dem Ort dazu, so ist klar, dass er es aus irgendeinem Grund an diesem Abend zu Hause nicht aushält und nicht weiß, wohin.

Wir fuhren an Martins Haus vorbei und dann an dem kleinen Granderather Friedhof, der, je nachdem, aus welcher Richtung man kommt, den Ortsausgang oder den Ortseingang markiert. Ich erzählte Uli von Martin Taubert und seinen Grenzgeschichten, und dann, da waren wir schon längst auf der Autobahn, von unserer Fahrradtour an dem schönen Septembertag und den mehr als fünfzig Jahre alten Bildern, die dabei wieder aufgetaucht waren.

Ich konnte es im Dunkel des Wageninneren nicht sehen, aber ich konnte hören, wie Uli lächelte. »Von dieser Reise hast du mir früher schon einmal erzählt«, sagte er. »Vielleicht auch zweimal.«

»Oh, das wusste ich nicht. Tut mir leid.«

»Das muss dir nicht leidtun. Es ist doch gut, wenn man festhält an den wenigen wichtigen Sachen, die einem im Leben passieren. Den Bildern, den Kadenzen. Sonst wäre es doch gar nicht auszuhalten.«

Ich erinnerte mich, dass ich ihm einmal bei einem Besuch in Frankfurt gestanden hatte, dass ich mich nur für sehr wenige Dinge wirklich interessiere und davon dann *ein paar vereinzelte Bilder* aufbewahre, *die Kadenz eines Satzes oder eines Wortes*, so hatte ich es gesagt. Es freute mich, dass er sich offenbar wörtlich daran erinnerte, und ich wollte ihm das gerade sagen, als ich einen schmerzhaften Seufzer neben mir hörte, fast einen kleinen Schrei, und dann fragte mich Uli, ob ich etwas zu trinken im Auto hätte.

»Ich muss eine Tablette nehmen«, sagte er.

Ich habe nie etwas zu trinken in meinem Auto, weil ich es nur noch selten benutze, seitdem meine Nomadenjahre vorbei sind. Wir fuhren gerade an Krefeld vorbei und waren schnell auf der Raststätte Geismühle, die wir mit einer holländischen Busbesatzung teilten. Ich sah, wie sich Ulis Gesicht bald entzerrte, nachdem er die Tablette hinuntergespült hatte.

»Richtige Klopper«, sagte er. »Wirken praktisch auf der Stelle. Das ist es, wovor *ich* Angst habe, dass die Schmerzen zu stark werden. Der Jünger mit seinem Schmerz als Sinngehalt des Lebens, darauf pfeife ich. Oder noch schlimmer Freundchen Heidegger, der alte Rauner und Gauner: *Der Schmerz ist der Grundriss des Seins.* Gut, dass der Mann nicht Architekt geworden ist. Lass uns weiterfahren, die Holländer hier sind mir heute Abend ein bisschen zu laut.«

Wir redeten nicht mehr, auch nicht um den heißen Brei herum, bis wir Düsseldorf erreichten. Dann dirigierte mich Ulrich Goergen, in Düsseldorf geboren und aufgewachsen, zur Königsallee und zum Breidenbacher Hof und fragte mich, ob ich in der Bar noch etwas mit ihm trinken wollte.

»Nein, Uli, ich fahre direkt zurück. Und ich glaube, du bist müde. Grüß Barbara von mir. Das nächste Mal wieder in Frankfurt, nicht wahr?«

»Auf jeden Fall.«

»Lasst es euch gutgehen in Arles.«

Anders als Leo und ich oder Carl und ich hatten wir uns nie umarmt, solange wir uns kannten. Vielleicht hatten wir jetzt den Impuls, aber inzwischen war ein Hotelportier an die Beifahrertür getreten, vermutlich um zu fragen, ob es Gepäck gab, und Uli öffnete die Tür und winkte ab. Dann stieg er aus, nickte mir noch einmal kurz zu und verschwand mit überraschend schnellen Schritten im Schutzraum der Lobby.

Auf der Rückfahrt verirrte ich mich etwas in den Düsseldorfer Straßen und fuhr dementsprechend Umwege. Ich kam an einem Kino vorbei, das einen Film mit dem Titel *45 years* anzeigte. Das ist etwa so lange, dachte ich, wie Uli und ich uns kennen.

24 Verteidigung der Ärzte

In der Nacht lag ich auf einer harten Untersuchungsliege, und ein Arzt, der mir nur ungefähr bekannt vorkam, drückte an verschiedenen Stellen meines Körpers herum und fragte, ob es da und dort wehtue. Es tat nirgendwo weh.

»Manchmal habe ich Schmerzen unter dem Rippenbogen«, sagte ich, »sehr heftig, ich kann dann kaum atmen. Dann ist es mit einem Schlag wieder weg. Ein Atemzug ist noch schmerzlich, der nächste schon völlig schmerzfrei.«

»Um alles, was von selbst wieder weggeht«, sagte der Arzt, »müssen Sie sich gar nicht erst kümmern. Das ist nicht schlimm. Sie können sich wieder anziehen. Vielleicht bekommen Sie irgendwann mal einen Leistenbruch, aber das ist in Ihrem Alter normal.«

»Aber den hatte ich doch schon«, sagte ich, »das ist doch schon vor fünf Jahren operiert worden.«

»Na, um so besser«, sagte der Arzt. »Das kann ich ja nicht wissen; ich bin schließlich nicht Ihr aktueller Arzt, sondern der aus der Bonner Zeit, kurz nach der Wende; erinnern Sie sich? Sie waren auch nur zweimal bei mir.«

»Dann weiß ich wieder, woher ich Sie kenne«, sagte ich. Er saß jetzt hinter seinem Schreibtisch und sah angestrengt auf den Bildschirm seines Computers. An der Wand hinter ihm hingen ein paar Kinderzeichnungen, und ich wollte ihm erzählen, dass ich auch eine besitze, dachte dann aber: Über Zlatkos Zeichnung rede ich doch nicht mit jedem. Ich kenne den Mann ja kaum; ich weiß nicht mal, wie er heißt.

»Also, Herr Korff«, sagte der Arzt, »Ihre Werte sind völlig in Ordnung, und Sie sind vollkommen gesund. Ein paar altersbedingte Abnutzungserscheinungen, das ist normal. Sie können neunzig werden oder älter. Das erzähle ich Ihnen jetzt alles, und trotzdem kann es sein, dass Sie gleich nach draußen auf die Straße treten und plötzlich tot umfallen. Dann heißt es wieder, der kam doch direkt vom Arzt, warum hat denn der Arzt nichts gemerkt? Was ist denn das für ein Arzt? Was erwartet man eigentlich von uns Ärzten? Dass wir Hellseher sind oder Wunderheiler?«

Die letzten Sätze kamen zunehmend verbittert. Ich beruhigte ihn und sagte, denn mir war auch sein Name wieder eingefallen: »Ich bitte Sie, Dr. Manig, ich erwarte von Ihnen nicht das Unmögliche. Ich weiß, dass Ihre Möglichkeiten begrenzt sind. Ich würde mich nie bei Ihnen beschweren, wenn ich tot wäre.«

Beim Abschied war er versöhnt und fühlte sich verstanden, hatte ich den Eindruck. Als ich nach draußen auf die Straße trat, wartete ich einen Augenblick mit angehaltenem Atem, aber nichts Schlimmes geschah.

25 Kino Kino

Der Film, den ich im Vorbeifahren in Düsseldorf entdeckt hatte, *45 years*, lief auch in Kempen, wenn auch nur an einem bestimmten Mittwochabend. Die schönen alten *Kempener Lichtspiele*, die bald hundert Jahre alt werden, hatte ich gegen Ende meines ersten Granderather Jahres entdeckt, als ich mir nicht länger verhehlen konnte, wie sehr mir inzwischen der Moment fehlte, wenn es nach dem Werbeprogramm und der kleinen Pause ein zweites Mal und endgültig dunkel wird im Saal und die Erzählung beginnt, öfter die kleine als die große. *Die einzig segensreiche Erfindung des zwanzigsten Jahrhunderts* sei das Kino gewesen, hatte ich irgendwo einmal gelesen, und fragte mich jetzt, ob Der Große Philosoph diesem Satz vielleicht zugestimmt hätte. Ich jedenfalls teile diese Ansicht uneingeschränkt.

In diesem eindrucksvollen Bau am Buttermarkt in Kempen sah ich im Laufe der Jahre viele trostreiche Filme. Ich gehe ausschließlich ins Kino, um mich trösten zu lassen, ich weiß nicht wofür, und der Trost beginnt eben in diesem Moment des zweiten, des endgültigen Dunkelwerdens. Ich sah also Benno Fürmann und Nina Hoss zu, wie sie in den traurigen Wüsten Ostdeutschlands Hilmi Sözer umbringen wollen. Ich folgte Lotte Verbeek, wie sie ihre Amsterdamer Wohnung aufgibt, nach Irland trampt und dem Motto *nothing personal* verpflichtet zu leben versucht. Ich sah André Wilms zu, ehemals Dichter und nun Schuhputzer in Le Havre, wie er den Flüchtling Idrissa vor dem Zugriff der Polizei bewahrt, unter tatkräftiger Mithilfe des Kommissars, und ihm den Weg nach London bahnt. Ich verfolgte die Geschichte der Gouvernante und manischen Fotografin Vivian Maier in den USA, weltberühmt geworden nach ihrem Tod. Ich beobachtete, wie Sandrine Bonnaire die Geheimnisse und die Schönheit des Schachspiels ergründet und Turniersiegerin wird, was sie von Korsika wegführen wird bis aufs Festland, zum nächsten großen Turnier. Ich sah Corinna Harfouch dabei zu, wie sie ruhig zu ihrem R4 geht und spurlos verschwindet. Ich sah Alex Decas und Mati Diop als Vater und Tochter in einer gar nicht desolaten Pariser Banlieue, die versuchen, sich nicht zu sehr um einander zu sorgen. Ich sah Anna Mühe, die in einem graugrün gefärbten Land nach und nach der Geschichte ihrer Mutter auf die Spur kommt, damals vor der *Wende*, weißt du noch. Ich sah Eddie Marsan, wie er sich als Mr. May in London um die einsamen Toten kümmerte und nach seinem eigenen, plötzlichen und schrecklichen Tod von den lebenden Einsamen zu Grabe getragen wird. Ich sah Julianne Moore, die sehr schnell weiß, dass sie den Kampf um ihr Gedächtnis und um die Sprache verloren hat; wie peinlich für eine Professorin für Psycholinguistik. Ich sah Benjamin Lavernhe, der seinen neuen Freunden so sanft wie beharrlich beibringt, dass nicht der Autist sich ändern muss, sondern die Welt, in der er lebt. Und noch viele andere solcher teils katastrophischen, teils zärtlichen Kammerspiele, die aber immer diesen Trost spendeten, den nur das Kino geben kann.

Zwei Tage nach dem Besuch von Ulrich Goergen sah ich nun Charlotte Rampling und Tom Courtenay in der Geschichte von Kate und Geoff, die mit den Vorbereitungen zur Feier des fünfundvierzigsten Hochzeitstags beschäftigt sind, weil Geoff am vierzigsten ziemlich krank war und die Feier ausfiel. Man sieht zuerst Kate, wie sie am Morgen vom Hundespaziergang zum Haus zurückkehrt, das die beiden am Rande des kleinen Städtchens in den Norfolk Broads bewohnen. Später im Film sieht man mehr von dieser Landschaft, und der Film passte gut nach Kempen, noch besser aber in den Nordwesten, in dem ich aufgewachsen bin und aus dem ich damals zusammen mit Geert zu meiner ersten großen Reise aufgebrochen war. Eine Gegend, die *natürlich* aussieht, aber wie die meisten vom Wasser dominierten Landschaften eine ganz und gar von Menschen gemachte ist. Nicht wild wuchernd, sondern ziemlich leer und beruhigend fürs Auge.

Als Kate ins Haus kommt, sitzt Geoff in der Küche und versucht einen auf Deutsch geschriebenen Brief zu lesen, und das ist der erste kleine Riss. Eine Abwesende hat in diesem Moment unmerklich das Haus betreten, eine Deutsche, die Geoffs erste große Liebe war und die seit fünfzig Jahren tot ist, seit 1962, abgerutscht auf einer Bergtour in den Schweizer Alpen und verschwunden in einer Gletscherspalte.

»Man hat sie jetzt gefunden«, sagt Geoff, »so wie diesen Tollund-Mann in dem schwedischen Moor.«

»Es war in Dänemark«, sagt Kate, die ehemalige Lehrerin. »Das stand jahrelang auf dem Lehrplan für die Drittklässler.«

Später wird Kate sagen: »Ich kann ja nicht böse sein auf etwas, was vor meiner Zeit passiert ist, oder?« Aber das *oder* lässt schon den Zweifel aufkeimen, und dass es ein *vor meiner Zeit* gab, ist das Problem.

Kate wird auch sagen, dass damals, 1962, ihre Mutter

gestorben ist. »Wir kannten uns noch nicht«, wird sie zu Geoff sagen, »aber wir haben beide zu der Zeit was Schweres erlebt.« Das soll den Riss verfugen, aber es gelingt nicht, weil in der Gletscherspalte, nachdem aller Schnee verschwunden ist, die Geliebte von damals wieder aufgetaucht ist, von der Kälte konserviert, so jung und schön, wie sie damals war.

Und ich, hätte ich Kate gern im Dunkel der *Kempener Lichtspiele* zugerufen, *ich war 1962 auf meinem ersten großen Ausritt in die Welt!*

Aber man ruft nicht laut ins Kinodunkel, und im Übrigen hätte sie es nicht gehört, denn nun wird Kate auf dem Dachboden Dias von der jungen Frau entdecken. Man hört das Surren des Projektors und sieht Kates verlorenen, verletzten Blick im Zwielicht des Speichers, als befände sich ein Gespenst im Hause, als habe es angefangen zu spuken.

Blicke, Gesten, Sätze, das ist der ganze Film.

Wie Kate wütend das Autoradio abstellt, als Gary Puckett anhebt: *Young Girl – get out of my mind.* Die Freundin neben ihr sieht sie erstaunt an, sagt aber nichts.

Wie Geoff erzürnt vom Treffen ehemaliger Mitarbeiter der Firma zurückkommt, in der er leitend gearbeitet hat. »Sie haben alles optimiert. Meinen ersten Job in der Firma, den gibt es gar nicht mehr.« Im Übrigen stellt er fest, dass alle so alt geworden sind. Der größte Klassenkämpfer, damals genannt *der rote Len*, spielt heute Golf, und sein Sohn ist Banker geworden. Geoff ist auch alt geworden – *etwas älter als ich,* dachte ich im Kino –, aber er könnte noch immer ein T-Shirt mit dem Aufdruck *I Still Hate Thatcher* tragen. *Ich auch*, würde ich ihm dann zurufen.

Wie beide ab und zu wieder *eine rauchen*, obwohl sie längst damit aufgehört haben.

Wie Kate allein auf dem Oberdeck des kleinen Schiffes steht, nachdem sie unten die Alten mit Kaffee und Kuchen bedient hat – *ehrenamtliche Tätigkeit*, denkt man sofort, *denn nötig hat sie es nicht* – und auf die herbzarte Landschaft schaut: Wasser, Schilf, Sumpf, Waldränder, aber mit zweifelndem Blick, als fragte sie sich, ob das ihr Zuhause bleiben kann.

»Komisch«, sagt Kate an einer Stelle, »dass man die Dinge vergisst, die einen glücklich machen«, und ich hätte ihr gern zugeflüstert: *Es nützt uns nichts, sie im Gedächtnis zu behalten.*

Das letzte Bild zeigt sie nach dem Eröffnungstanz auf der Feier zum fünfundvierzigsten Hochzeitstag – die Platters singen *Smoke Gets in Your Eyes* –, wie sie am Ende des Tanzes Geoffs Hand loslässt und verloren ins Leere starrt, ein sehr kurzer Moment. Es ist das Schmerzhafteste aller vollkommenen Filme – und dies war einer, das wusste ich schon nach wenigen Minuten –, dass sie irgendwann zu Ende sind. Dieser Moment, wo der Abspann läuft, gnädigerweise noch im Dunkel, manchmal auch schon im Halbdämmer, und man weiß, dass man zurück muss, dass es gleich vorbei ist. Draußen im Foyer noch einen Augenblick beschützt von dieser leichten Benommenheit, dieser cineastischen Lokalanästhesie, die nicht mehr lange anhalten wird. Die Stimmen um einen herum, und jedes Mal schon im Foyer der Erste, der den tödlichen Satz ausspricht: *Wie fandest du denn den Film.* Aus und vorbei.

Dann erkannte ich den jungen Mann aus Straelen, den ich damals vergrault und seitdem noch nicht wieder eingefangen hatte, und neben ihm eine noch jüngere Frau, offenbar seine Freundin. *Jetzt habe ich ihn*, dachte ich. *Diesmal entkommt er mir nicht.*

26 Thomann und Harnisch

»Meine Mutter war eben damals ein Fan von ihr, seitdem sie *Gefährliche Liebschaften* gesehen hatte«, erklärte die junge Frau ihren Vornamen, »deshalb hat sie mich Uma genannt. Sie hat ganz schön kämpfen müssen, um den Namen durchzubekommen; auch 1992 ging nicht alles. Aber sie hat es geschafft. In der Grundschule haben die Anderen gar nicht darüber nachgedacht, erst auf dem Gymnasium haben die Kenner sich amüsiert. Uma Thomann, das ist schon reichlich grenzwertig.«

»Ich finde, das ist ein schöner Name«, beeilte ich mich zu sagen.

»Mag sein, aber es ist eben nicht ganz das Original. Und das kriege ich manchmal unter die Nase gerieben. Meine Eltern haben auch gar nicht gewusst, dass es der Beiname einer Hindugöttin ist. *Die Gnadenreiche.* Ich weiß nicht, ob sie ihre Tochter *die Gnadenreiche* genannt hätten.«

Wir saßen in einem Eiscafé, das bald zumachen wollte. Ich hatte den jungen Mann im Kinofoyer gestellt und ihm klargemacht, dass ich mich entschuldigen wollte, und seine Freundin hatte sich gleich eingemischt und gesagt: »Jetzt kann der Hanno endlich nicht mehr vor Ihnen weglaufen.« Die Situation schien sie zu amüsieren.

Meine Einladung zu einem Essen schlugen sie aus: zu spät am Abend. Es sei auch schwierig, um diese Zeit in Kempen noch etwas Gescheites zu finden. Sie gingen nach dem Kino immer in dieses Café, auf einen Espresso oder ein Glas Wein, dann nach Hause. Mir fiel auf, dass ich beim Nachdenken über den jungen Mann, Hanno hieß er also und ich musste nur noch seinen Nachnamen herausbekommen, dass ich beim Nachdenken über Hanno bisher nie auf den Gedanken gekommen wäre, er könne eine Freundin haben. Warum? *Wer über Carl Schmitt promoviert, der hat keine Freundin,* war es vielleicht das?

Die junge Frau hier aber war munter und fröhlich, und der junge Mann wirkte neben ihr ebenfalls viel gelöster als damals, als er bei mir gewesen war. Aber wie hatte er denn überhaupt gewirkt, fragte ich mich. Ich hatte ihn ja kaum wahrgenommen; sobald der Name Schmitt gefallen war, hatte ich das Visier heruntergeklappt und meine Attacke geritten, und ich wusste deshalb bis heute nicht genau, was er nun eigentlich von mir gewollt hatte.

»Noch mal meine Bitte um Entschuldigung«, sagte ich, »bei bestimmten Reizwörtern kann ich manchmal meine Reaktionen nicht kontrollieren. Sie können natürlich jederzeit zu mir kommen, und wir besprechen das in Ruhe. Gleich morgen, wenn's nach mir geht. Ich habe übrigens damals Ihren Nachnamen nicht verstanden.«

Der junge Mann lächelte und sagte: »Sie waren so wütend, dass Sie ihn sich nicht merken wollten, glaube ich. Harnisch; ich heiße Hanno Harnisch. Danke fürs Angebot, aber das ist nicht mehr nötig. Ich bin fertig.«

»Ach«, sagte ich und konnte meine Enttäuschung darüber nicht ganz verstecken, dass ich keine Gelegenheit mehr hatte, einem jungen Mann gleichsam väterlich beizustehen (wieder kein Sohn!), »das ging aber schnell. Dann waren Sie schon sehr weit, als Sie bei mir waren. Das ist doch gerade erst ein halbes Jahr her.«

»Ich war schon damals fertig«, sagte Hanno Harnisch, »ich hatte Sie nur bitten wollen, das mal durchzulesen. Aber eigentlich war es ganz richtig, dass Sie mich rausgeschmissen haben.«

»Das habe ich nicht, Sie haben die Flucht ergriffen.«

»Auch gut. Jedenfalls war es unverschämt von mir, Sie damit zu belästigen. Mit diesem ganzen akademischen Kram. Vielleicht wollte ich Sie auch nur kennenlernen, weil ich etwas von Ihrer Geschichte wusste.«

»Und woher?«

»Von mir«, meldete sich Uma. »Ich wollte wissen, woher mein Nachbar kommt.« Sie erfreute sich einen Augenblick an meinem offenbar völlig verständnislosem Blick und sagte dann: »Das können Sie nicht verstehen. Ich erklär's Ihnen jetzt.«

Uma Thomann war in Granderath im letzten Haus vor der Zollstation geboren, die damals noch in Betrieb war, jedoch durch das zweite Schengener Abkommen schon todgeweiht vor sich hinsiechte. Sie wuchs dort auch auf und ging zuerst auf die damals noch existierende Granderather Grundschule, dann aufs Gymnasium in Straelen. Ihre Eltern hatten das Haus bei einer Zwangsversteigerung erworben, zwei Jahre vor der *Wende* und fünf Jahre vor Umas Geburt. Die achtziger Jahre gingen zu Ende, und erste glanzvolle Karrieren kamen zu ihrem Abschluss. Ihr Vater war in Düsseldorf als junger Manager im Musikgeschäft reich geworden, und ihre Mutter arbeitete als Kuratorin. *Ratinger Hof* und *Westkunst* Hand in Hand, und alles, was danach kam.

Meilensteine der Kulturgeschichte. Ich rechnete schnell aus, dass Umas Eltern um 1960 herum geboren sein mussten, heute also gestandene Mitt- bis Endfünfziger waren.

»Aber in dem Haus, das Sie meinen«, sagte ich.

»Straelener Straße 83«, assistierte sie.

»Ganz recht, in der Straelener Straße 83, ich selbst bin ja nach dem Kauf des Zollhauses zu 83a geworden, in der 83 also wohnt kein Ehepaar Thomann, sondern ein kinderloses Ehepaar Peters, und die machen auch nicht in Musik und Kunst, sondern arbeiten beide in Straelen im Blumengroßhandel. Ich weiß schon, wen ich zu Nachbarn habe, auch wenn ich der alte Spinner vom Zollhaus bin.«

Uma lachte. »Wer hat das denn gesagt?«

Ich erzählte, was ich vor ein paar Monaten beim Einkaufen aufgeschnappt hatte.

»Meine Eltern sind weggezogen, sobald ich mein Abi hatte«, erklärte Uma. »Ich habe sie nie gefragt, was sie überhaupt nach Granderath getrieben hat. Sie wohnen jetzt wieder in Düsseldorf und schauen von Oberkassel aus auf den Rhein, etwas erschöpft. Aber in den ersten Jahren, als *Sie* hier wohnten, waren wir noch in Granderath.«

Eine blasse Erinnerung an die Familie im Haus dreißig Meter ortseinwärts stieg auf. Ein Mann und eine Frau, die ständig mit ihren beiden Autos wegfuhren oder nach Hause kamen, zu allen möglichen Tageszeiten; das entfernt noch vernehmbare Schlagen der Wagentüren war mir am deutlichsten im Gedächtnis geblieben und klang jetzt nach. Eine Tochter in einem Stadium, das man gern *flügge* nennt, die eher regelmäßig aus dem Haus und wieder zurück war, ob

Schule oder schon Beruf, war aus dreißig Metern Entfernung natürlich nicht ersichtlich. All das interessierte mich damals eher aus dem Augenwinkel; ich war noch nicht so weit, mir die Feinheiten des Ortes zu erarbeiten.

»Aber *ich* fand Sie damals interessant«, sagte Uma jetzt, und ich spürte tatsächlich die leichte Röte, die sofort mein Gesicht überzog, »vielleicht auch nur, weil nach Granderath nicht so viele Leute zuziehen, schon damals nicht. Und dann ins alte Zollhaus, das war natürlich irgendwie abgedreht. Da habe ich ein bisschen recherchiert.«

»Und wie haben Sie das gemacht?«

»Etwas lernt man ja sogar auf der Schule«, sagte Uma.

»Uma ist knapp an der Hochbegabung vorbeigeschrammt«, erklärte ihr Freund, »jedenfalls, wenn man den IQ als Maßstab nimmt. Recherche ist ein Klacks für sie.«

Ich horchte einen Augenblick nach, ob es in diesen Sätzen eine Spur Häme gab, aber sie waren ganz neidlose Anerkennung, ohne Unterton, nicht einmal einen ironischen. Der junge Mann – an das *Hanno* konnte ich mich noch nicht gewöhnen, während ich bei *Uma* gleich hin und weg und einverstanden gewesen war – war nach meiner Schätzung kaum zwei, drei Jahre älter als sie. Ich fragte mich, wie sie sich kennengelernt hatten. Sandkasten? Schule? Uni? Die Grünen? Ich fragte aber lieber nicht; am Ende hatten sie sich noch über Carl Schmitt kennengelernt, und das hätte ich wirklich nicht wissen wollen.

Uma jedenfalls hatte damals, als ich sie höchstens aus den Augenwinkeln wahrnahm, über mich recherchiert und vielleicht sogar ihren Eltern über mich erzählt, die dann weggezogen waren – sicher nicht meinetwegen. Sie selbst war dann nach Frankfurt am Main gegangen und hatte, nach ihren eigenen Worten, *reichlich altmodische Fächer* studiert, Geschichte, Philosophie und Soziologie nämlich und dazu als Bonbon noch Kulturanthropologie.

»Um Gottes willen«, sagte ich unwillkürlich.

»Wie meinen Sie das?«

»Sie müssen ja ungeheuer fleißig sein.« *Und ehrgeizig,* hätte ich beinahe hinzugefügt, aber mein Gefühl sagte mir, dass das nicht stimmen konnte.

»Ich bin überhaupt nicht fleißig«, sagte Uma. »Sie sehen ja, ich gehe lieber ins Kino, statt zu Hause zu sitzen und an meiner Dissertation zu arbeiten. Wie hat Ihnen übrigens der Film gefallen?«

Eine knappe Stunde, nachdem wir das Foyer der *Kempener Lichtspiele* verlassen hatten, hatte diese Frage nichts Obszönes mehr und war erlaubt.

»Ich hätte diese beiden Alten umarmen können«, sagte ich.

»Ich auch. Sogar streicheln. Und am liebsten würde ich sofort in die Norfolk Broads ziehen.«

»Wer weiß, wie es da wirklich ist«, sagte ich. »Im Kino sieht oft alles viel schöner aus, als es ist. Deshalb geht man ja ins Kino.«

»Wirklicher«, sagte der junge Mann.

»Bitte?«

»Im Kino sieht alles wirklicher aus, als es in der Wirklichkeit ist.«

Ich sah ihn erstaunt an. »Genau das meine ich. Aber so habe ich es noch nie sagen können.«

»Er ist viel klüger, als Sie denken«, sagte Uma.

Dann sah ich den Kellner am Tresen lehnen, mit verschränkten Armen und etwas unruhig von einem Bein aufs andere tretend. Inzwischen waren wir die letzten Gäste im Café.

»Ich glaube, er möchte jetzt Schluss machen«, sagte ich. »Ich zahle, bitte keine Widerrede. Und Sie beide kommen nächste Woche zu mir zum Essen. Ich habe so lange nicht mehr für Andere gekocht.«

27 Seltsame Heimfahrt

Ich hatte dann erwartet, dass draußen irgendwo ihre Fahrräder standen, auch wenn es von Kempen nach Straelen gute achtzehn Kilometer sind und es weiterhin fortgeschritten herbstlich war. Stattdessen gingen sie zu einem alten Renault Kastenwagen, nicht weit von meinem eigenen Auto geparkt. Ich wurde darüber aufgeklärt, dass die beiden seit einigen Monaten in Straelen zusammenwohnten, in der Venloer Straße, wo ich vor einiger Zeit den jungen Mann vor dem Eissalon hatte sitzen sehen.

»Natürlich nicht für immer«, sagte Uma fröhlich. »Irgendwann ziehen wir bestimmt weiter in die Welt.«

Hoffentlich nicht zu bald, dachte ich sofort und wunderte mich über mich selbst.

Auf der Heimfahrt im geschlossenen Käfig meines Wagens kam ich schnell vom Wege ab. Von Kempen nach Straelen und von dort nach Granderath kann man sich eigentlich nicht verirren; aber ich wollte abkürzen, und kaum war ich losgefahren, war ich in Gedanken noch einmal in den Norfolk Broads und stand mit Kate auf dem Oberdeck. Ich fragte mich, ob Sonja, wenn sie echt gewesen wäre und nicht einfach nur ein auf mich angesetzter Stasilockvogel, eine ebenso retrospektive Eifersucht gezeigt hätte, zum Beispiel auf meine Zeit in Speyer. Vermutlich nicht; für Sonja war alles, was auf der linearen Zeitachse vorbei war, wirklich vorbei. Sie war ein Gegenwartsjunkie und konnte nicht anders leben.

Während ich weiterfuhr, auf einer sehr schmalen und schlecht ausgeleuchteten Nebenstrecke, wurde mir langsam klar, dass ich in den letzten Monaten nach und nach in einen Mehrgenerationenroman verwickelt worden war, dessen jüngste Figuren elf oder zwölf waren und dessen älteste neunzig.

In meinen ersten Jahren im Zollhaus war ich einfach nur ein älterer, später dann schon ein alter Mann, der sich an der Staatsgrenze West niedergelassen hatte. Alle anderen Granderather kannten mich zwar und konnten mich zuordnen, und nach langen Jahren war ich als der alte Spinner vom Zollhaus dann auch akzeptiert und irgendwie zugehörig; ein Sonderling, der dem Ort vielleicht sogar noch gefehlt hatte, den man aber besser in Ruhe ließ. Schon zehn Kilometer weiter, in Straelen, war ich einfach nur noch ein Gesicht, an das sich vielleicht die eine oder andere Restaurantbedienung, eine Kassiererin im Supermarkt oder die Frau in der Reinigung erinnern, es aber nicht zuordnen konnte.

Jetzt, während ich mich in meinem Wagen weiter durchs Dunkel tastete, fiel mir auf, dass sich seit dem Sommer die Ereignisse beinahe überschlagen hatten, gemessen an meinem sehr geregelten Leben bis dahin. Ich hatte Kontakt aufgenommen mit einem Landesverräter knapp jenseits der Grenze, der mich umstandslos zu seinem literarischen Nachlassverwalter machte und dem ich seitdem dann und wann dabei zu helfen versuche, das Unmögliche zu schaffen. Dann waren an einem der schönen Septembertage die beiden Kinder bei mir aufgetaucht und hatten bekommen, was sie brauchten: Essen und Trinken, etwas Fernsehunterhaltung und Schlaf. Nachdem ich den ersten Angriff des

Schmitt-Doktoranden Hanno Harnisch im Frühjahr noch überstürzt abgewehrt hatte, waren er und Uma, *die junge Generation,* nun gleich als Paar in diesen Kreis meiner neuen Bekannten – *meiner Freunde?* – eingetreten. Ich hatte sie vorhin tatsächlich für die nächste Woche zu mir zum Essen eingeladen!

Auch Ulrich Goergens Besuch bei mir gehörte in den Kreis der unerhörten Begebenheiten der letzten Monate. Noch nie war einer meiner Freunde *von früher* bei mir gewesen. Fehlte nur noch, dass Manuel Hertz demnächst seine Ankündigung wahrmachte, mich zu besuchen, dann wäre die Generationenkette lückenlos. Die Kinder, die Jungen, die Macher, die Alten, die Greise.

Jetzt fiel mein Blick auf die erleuchteten Ziffern 23:24 im Armaturenbrett, und ich dachte erstaunt: *Ich müsste eigentlich längst zu Hause sein.* Die Straße, über die ich ganz allein in der Dunkelheit dahinrollte mit meinem Auto, war mir fremd, keine Merkzeichen, die ich von früheren Gelegenheiten wiedererkannte. Dann erfassten die Scheinwerfer einen Hinweis auf den *Natur- und Tierpark* bei Genholt, der nur noch einen Kilometer weit entfernt sein sollte, und ich fragte mich, wie ich hierher gekommen war. *Diese Abkürzung ist mir gründlich misslungen,* dachte ich. Immerhin wusste ich, dass ich einfach drehen und dann stur zurück nach Norden fahren musste. Nach einer halben Stunde kam ich in Granderath an, fuhr die vollkommen leere Hauptstraße hinunter, längst alle Lichter erloschen, auch die Laterne überm *Grenzstübchen,* und schlich mich in mein Zollhaus, wo ich lange, tief und traumlos schlief.

28 Ein Grenzzwischenfall

Ich habe es nicht verlernt. Ich habe nicht verlernt, große Ereignisse in meiner unmittelbaren Umgebung zu verschlafen. Das war schon 1989 so, vielleicht auch schon 1977 und noch früher, und jetzt habe ich bestätigt bekommen, dass sich diese Fähigkeit glücklicherweise erhalten hat. Am helllichten Tag sogar!

Allerdings gibt es eine Vorgeschichte. Den ganzen Vormittag hatte ich meinen Schuppen ausgemistet, fast zehn Jahre, nachdem ich hier eingezogen bin. Ich habe mir einen Container auf meinen Hinterhof stellen lassen, der übermorgen abgefahren wird, und habe dann mit Wut, mit Erleichterung, mit Lust, ja teilweise sogar laut singend den ganzen Plunder hineingeschmissen, der so lange den Schuppen zu einer No-Go-Area gemacht hatte. *Nicht zu lange prüfen,* war meine Leitlinie, *dem ersten Impuls – weg oder nicht weg – vertrauen.* Diese Methode hat sich sehr bewährt. Sie hat verhindert, dass ich stundenlang dort verbrachte, nach und nach einstaubte und schließlich unrettbar in meine Vergangenheit zurückstürzte und dort einer tiefen Depression verfiel. Bis auf je ein Hardcover und eine Taschenbuchausgabe sind auch alle meine Belegexemplare vom *Sonja-Komplott* im Container gelandet.

Gegen Mittag war ich fertig, nahm ein Bad, schloss danach alle Jalousien und legte mich schlafen. Ich lege mich oft mittags für eine halbe Stunde hin, oft nur dösend, aber diesmal schlief ich fest ein und wachte erst um vier Uhr nachmittags wieder auf.

In der Zwischenzeit geschah in meiner unmittelbaren Nähe, ein paar Kilometer landeinwärts, das Folgende. Ein Motorradfahrer mit Mannheimer Kennzeichen, schwere Kawasaki, aus Holland kommend, passierte etwa um halb drei die grüne Grenze bei Tingeloo und rollte mit dunkel grollendem Motor an meinem Haus vorbei und weiter die Straelener Straße durch Granderath. Alle hörten ihn, auch wenn er gemächlich fuhr, nur ich nicht, denn ich lag in tiefem Schlaf, befreit vom Gerümpel vieler Jahrzehnte. Die Mobile Kontrollgruppe des Zolls hatte an diesem Tag einen Kontrollpunkt zwei Kilometer hinter Granderath aufgebaut, auf einem kleinen Parkplatz an der Strecke nach Straelen. Zwei Zollbeamte, ein Hundeführer und der dazugehörige Schäferhund Tasso. Martin hatte mir das mal erklärt. Normalerweise lotsten sie mit einem sogenannten *Schlepper,* an dessen Fahrzeug die Aufforderung *Bitte folgen* aufleuchtete, verdächtige Fahrzeuge von der Autobahn. Offensichtlich war aber der alte Grenzübergang Granderath in letzter Zeit wieder öfter als Route gewählt worden, und man hatte an diesem Tag hier Position bezogen, bis in den Nachmittag ohne jeden Erfolg, *nicht einmal ein Tütchen,* wie Martin später sagte. Der Motorradfahrer, ein etwa dreißigjähriger Mann, schlank und drahtig, wurde angehalten und rollte folgsam auf den Parkplatz. Ja, er komme aus Holland, aus Eindhoven genau, wo er ein paar Tage einen Bekannten besucht habe, und sei zurück auf dem Weg nach Mannheim. Ja genau, in dem Rucksack seien seine persönlichen Sachen, *Zahnbürste und was sonst noch so dazugehört,* Versuch eines

Lächelns. So war es, sonst nichts, *nicht einmal ein Tütchen.* Tasso aufrecht sitzend an der Leine. Das Motorrad gehörte aber offenbar nicht ihm, wie der Fahrzeugschein bewies. Nein, das hatte er sich von einem Freund geliehen. Den könne man gern anrufen. Nicht nötig. Aber man wolle doch schnell noch einen Blick in den Tankrucksack werfen.

»Die Kollegen haben einen Fehler gemacht«, erzählte mir Martin. »Sie hätten den Mann vor der Durchsuchung auffordern müssen, abzusteigen. Aber wenn Autos angehalten und die Fahrer befragt werden, werden sie schließlich auch nicht immer gleich angewiesen, auszusteigen. Das hängt stark von der ersten Einschätzung ab. Und bei dem Mann auf dem Motorrad waren sie sich keineswegs sicher, einen Fang gemacht zu haben.«

Das hatten sie auch nicht, denn nach der Erwähnung des Tankrucksacks startete der Fahrer sofort die Maschine. Noch wäre Zeit gewesen, ihn zurückzuhalten, aber die Verblüffung war zu groß. Keiner griff zur Waffe oder auch nur zum Reizstoffspray. Auch der Hundeführer reagierte zu spät. Tasso wurde von der wegschießenden Maschine zwar noch gestreift und sein linker Vorderlauf verletzt, aber dann war der Mann zurück auf der Straße und weg, seltsamerweise zurück in Richtung Grenze. Diesmal hörten die Grangerather sein Kommen und seine halbe Ortsdurchfahrt – er bog dann auf einen Weg Richtung Süden ab – sehr deutlich, mich ausgenommen, der ich noch immer schlief.

»Die Bundespolizei hat ihn dann erst viel weiter südlich zu fassen bekommen«, erzählte Martin, »zwischen Köln und Bonn, in Wesseling. Sogar ein Hubschrauber war an der Jagd beteiligt. Den Tankrucksack hat er nicht entsorgt.

Das machen viele, die eine Kontrolle auf sich zukommen sehen oder abhauen. Aber er hatte wohl zu viel Angst vor seinen Auftraggebern, denn natürlich war er nicht für den Eigenbedarf gefahren, sondern als Kurier. Vier Kilo Amphetamin, vierhundert Gramm Crystal, zweihundert Gramm Koks und 188 Pillen Ecstasy. Das ist schon was. Das Motorrad hat er fertig präpariert in Holland übernommen. Zum Glück war er nicht bewaffnet, sonst wäre die Sache vielleicht schon am Parkplatz anders ausgegangen.«

»Hast du so was früher auch erlebt?«

»Es fing an gegen Ende meiner Dienstzeit. In den ersten Jahren hatten wir es noch mit ganz anderen Typen von Schmugglern zu tun. Zuerst ging es ja auch um Artikel des täglichen Bedarfs. Schmugglerbanden gab's schon immer, aber das waren keine Kartelle wie heute. Und der Boss war teilweise auch noch persönlich im Einsatz, nicht wie heute, wo die Drahtzieher in ihren schönen Villen sitzen und andere das Risiko tragen lassen. Damals, das waren noch echte Schmuggler! Sogar der Hermanns hier in Granderath.«

»Die romantische Periode«, zitierte ich.

»Eben. Aber die ist lange vorbei.«

29 Die fröhlichen Baumeister

Nachts erstand sie wieder auf. Ich sah zu, wie die Granderather Grenze neu befestigt wurde. Die Holländer fingen damit an, errichteten Schlagbäume, restaurierten ihre verfallene Grenzstation, bauten eine Reihe von Schikanen, durchaus auf einem technologischen Stand, der von anderen, östlicher gelegenen Grenzen gelernt hatte. Herr Groeneveld stand im Rücken der Arbeiter, winkte mir zu und zuckte mit den Schultern. Ein baumlanger holländischer Grenzer in einem knöchellangen pechschwarzen Mantel ging zu ihm und verwies ihn des Feldes, und Herr Groeneveld ging zurück in sein Haus. Dies war die Stunde der Exekutive.

Dann rollte auf meiner Seite langsam ein LKW die Straelener Straße entlang und hielt vor meinem Haus. Aus dem Fahrerhaus ebenso wie von der Ladefläche sprangen putzmuntere Arbeitskräfte, so viele, dass ich es schnell aufgab, sie zu zählen. Ein Zollauto rauschte herbei und bremste scharf hinter dem LKW. Vier Zollbeamte stiegen aus, unter der Führung von Martin Taubert, der auf mich zukam und bedauerte, mich aussiedeln zu müssen.

»Wir haben dir am anderen Ende des Ortes ein erstklassiges Fertighaus hingestellt«, sagte er, »dagegen ist das hier eine Bruchbude, Gregor. Der Umzug geht selbstverständlich auf Staatskosten.«

Jetzt begriff ich, warum ein Teil der Arbeitsbienen sich schon in meinem Haus zu schaffen machte. Meine gesamte Habe wurde verpackt, *die Bücher selbstverständlich in der vorhandenen Ordnung!*, rief mir der Leiter des Trupps zu.

An der Grenze selbst hatte auf beiden Seiten inzwischen ein emsiges Bauen begonnen, nachgerade ein Wettrüsten. Offenbar hatte jede Seite den Ehrgeiz, als erste fertig zu werden. Hatten die Holländer eher mit dem Schikanenbau begonnen, waren die Deutschen am Ende doch eher damit fertig, weil sie mit wenigen großen Modulen arbeiteten. Fast gleichzeitig wurden die Büromöbel in die jeweiligen Zollhäuser getragen und aufgestellt, die Dienstutensilien ausgepackt und an die richtigen Plätze gebracht.

»Die Stempel«, rief plötzlich einer der deutschen Zollbeamten, »wo ist denn die Kiste mit den gottverdammten Stempeln geblieben?«

Auf der Gegenseite vermisste man die Schrauben, um das Schild mit dem Hoheitszeichen am Zollhaus zu befestigen, und es kam nun darauf an, was zuerst gefunden wurde, die Stempel oder die Schrauben.

»Fertig!«, hieß es dann fast gleichzeitig auf beiden Seiten, aber die westlichen Nachbarn waren einen Herzschlag schneller gewesen.

»Hulshoff hat gewonnen«, sagte Martin und deutete auf den baumlangen Kollegen von der anderen Seite. »Das ist ganz gut so, sonst wären wir gleich wieder die blöden Moffen gewesen.«

30 Unterhaltungen deutscher Eingeborener (I)

Lange hatte ich keine Gäste mehr bewirtet. Das letzte Mal, das ich für jemanden gekocht hatte, Weine ausgesucht und einen Tisch schön gedeckt, hatte Sonja gegolten, in der Anfangszeit unserer Liaison; da stand die Mauer noch, mein Vater war noch am Leben, ich war erst zwei Jahre in Bonn, es gab weder ein Haus der Geschichte noch eine Bundeskunsthalle, und *der Siebzehnjährige aus Leimen* war erst sechzehn und hatte noch nicht Wimbledon gewonnen. Sonja amüsierte sich damals etwas über die Mühe, die ich mir beim Tischarrangement gegeben hatte, fand aber das Essen immerhin passabel, was von ihrer Seite durchaus ein hohes Lob darstellte.

Die jungen Leute waren entzückt, als sie hereinkamen und den gedeckten Tisch sahen. Ich hatte auch keinen Augenblick Zweifel daran gehabt, dass zumindest Uma solche Art Etikette durchaus zu schätzen wusste, und da sie ohnehin bei den beiden die Bestimmende war, die Lenkerin, hatte sie gewiss ihren Hanno im Lauf der Jahre entsprechend erzogen. *Im Lauf der Jahre*: Obwohl ich nach wie vor über ihr Kennenlernen nichts wusste, war ich mir sicher, dass sie sich schon sehr lange kannten, an ihrem jugendlichen Alter gemessen eine kleine Ewigkeit. Ich würde aber, das hatte ich mir geschworen, nicht danach fragen.

Auch Uma und Hanno kannten sich in der Etikette aus

und hatten ein Gastgeschenk mitgebracht, nicht die Flasche Wein aus dem Supermarkt, schon gar keine Blumen – die standen ohnehin auf dem gedeckten Tisch –, sondern ein Buch, eingewickelt in einen Bogen glänzendes Geschenkpapier, der mir im irritierendsten und betörendsten Yves-Klein-Blau entgegenleuchtete. Das Buch war offenbar schmal und hatte nach meinem ersten Eindruck das gängige Format 210 x 130. Es war spürbar kein Taschenbuch, sondern gebunden, und das Päckchen lag schön in der Hand. Ich konnte ohne Weiteres die furchtbare Möglichkeit ausschließen, dass es sich um Hannos Dissertation handelte, und ebenso, dass es Gedichte von Uma im Selbstverlag waren. Ich legte es nicht, wie manche andere Gastgeber, mit der Bemerkung zur Seite, ich würde es später auspacken, die ich selbst als Schenkender immer gehasst habe. Ich befreite das Buch behutsam aus seinem Blau, das ich glättete und weglegte. Dann nahm ich den kleinen Band mit dem leuchtend roten Umschlag in die Hand, auf dem in hellem Orange der Titel *Auf den Trümmern der Moderne* zu lesen war und darunter in kleinerer, kursiver Schrift die Gattungsbezeichnung *Einhundertsiebenunddreißig Torpedos.* Der Name des Autors war mir bis zu diesem Tag noch nicht begegnet; jedenfalls konnte ich mich nicht erinnern. Ich begann in dem Buch zu blättern und verstand die Gattungsbezeichnung schnell. Es handelte sich um kurze, sehr pointierte Texte, regelrechte Geschosse eben, kleine Feuerwerkskörper auch, die sich großen und weniger großen Persönlichkeiten widmeten, von Noah bis Napoleon, von Homer bis Hemingway, von Kolumbus bis Kafka, und vielen anderen mehr. Während ich blätterte, standen Uma und Hanno neben mir und beobachteten mich gespannt, wie

Kinder fast, die sehen wollen, wie ihr Geschenk bei den Eltern ankommt. Ich las zwei, drei der wirklich jeweils nur ein paar Zeilen langen Texte genauer und lachte leise.

»Es ist aus dem Jahr meiner Geburt«, sagte Uma, »und ich hatte gedacht, es könnte Ihnen gefallen. Warum, weiß ich nicht, ich kenne Sie ja kaum.«

Ich blätterte nach vorn und las *Erste Auflage 1992*, und dies war mit Sicherheit eines der Bücher, die über die erste Auflage nie hinauskommen. Ich fragte mich allerdings, wie sie darauf gestoßen war, denn bei allem IQ konnte man kaum davon ausgehen, dass sie es schon als Säugling bei Erscheinen gelesen hatte. Wie war sie also darauf gekommen, fragte ich mich, denn solche Preziosen verschwinden sehr schnell aus dem Bewusstsein der Leser, vorausgesetzt, sie haben es jemals geschafft, es zu erreichen.

Uma wies auf den an einer Stelle leicht eingerissenen Schutzumschlag hin und sagte: »Ich musste es natürlich antiquarisch besorgen, und ein besseres Exemplar als dieses war nicht mehr zu bekommen.«

Ich nickte und sagte: »Auf jeden Fall eine Kostbarkeit, das sehe ich schon. Aber jetzt trinken wir erst einmal etwas, und ich hoffe, ihr … Sie sind mit dem Fahrrad da und nicht mit dem Auto gekommen. Sonst spendiere ich das Taxi zurück nach Straelen.«

Sie klärten mich auf, dass sie selbst mit dem Taxi gekommen waren, weil ihnen das Wetter fürs Fahrrad zu schlecht war, und dass sie auch wieder damit zurückfahren würden. »Das bezahlen wir selbst«, sagte Hanno entschieden, »ich verdiene genug.« Das wollte deutlich gesagt sein, und ich ließ es dabei bewenden.

Ich öffnete eine Flasche Cremant, wir prosteten einander

zu, und die beiden bedankten sich noch einmal für die Einladung, all das noch immer im Stehen, denn danach führte ich sie durchs Haus. Der Lapsus mit dem *ihr* statt *Sie* unterlief mir nicht noch einmal. Ich hasse das vorschnelle Duzen, und hier war noch gar nichts entschieden. Während ich sie durch die Zimmer führte, spürte ich, wie viel Freude es mir plötzlich machte, mein Leben zu zeigen, mein kleines ereignisarmes Leben, das ich in der Zeit seit meinem Abschied von Bonn so gern verborgen gehalten hatte. Diese Freude hatte ich schon bei Ulrich Goergens Besuch gespürt, aber da galt mein Zeigen immerhin einem alten Bekannten, einem Freund, während ich die jungen Leute ja gerade erst kennenlernte.

Hanno blieb vor Zlatkos Zeichnung stehen, die ich inzwischen in Holland hatte rahmen lassen und die nun an der Wand neben meinem Bett hing.

»Eine wunderbare Arbeit«, sagte er aufgeregt. »Was für ein Künstler! Wo haben Sie das denn her?«

»Das erzähle ich Ihnen nachher«, sagte ich. »Jetzt muss ich Sie einen Moment allein lassen. Ich werde in der Küche gebraucht.«

Seit ich, zuerst in Köln und später in Amsterdam, Carl Schellings Kochkünste kennengelernt hatte, wusste ich, wo meine eigenen Grenzen waren, und wagte mich nur noch selten an schwierige Kreationen. Selbstverständlich hatte ich für diesen Abend kein Menü vorgesehen, bei dem irgendetwas *à point* fertig sein musste oder die Antipasti stundenlange Vorbereitung brauchten, mit mühsamen Enthäutungen von Paprikaschoten oder ähnlichen Selbstkasteiungen. Die Antipasti, die ich jetzt auftrug, kamen ganz einfach aus dem Supermarkt in Straelen, und die *melanzane alla parmiggiana*, vulgo das Auberginengratin, hatte ich am Nachmittag fertig zubereitet und wusste schon seit vielen Jahren, dass es erst aufgewärmt seinen vollen Geschmack entwickelt. Das Dessert, ein Orangenparfait, hatte schon über Nacht im Kühlschrank gestanden. Carl hatte mir einmal gezeigt, wie es zuzubereiten war, und bei der Gelegenheit verraten, dass innerhalb eines Menüs Desserts oft am raffiniertesten wirken und in Wahrheit am wenigsten Kunstfertigkeit erfordern.

»Sie sind ziemlich oft im buchstäblichen Sinne kaum mehr als Schaumschlägerei«, hatte er damals gesagt, »und da sie nun einmal zum Abschluss serviert werden, bleibt ihr Glanz den Gästen am längsten in Erinnerung. Das ist schon sehr fein ausgedacht.«

Was für angenehme Gäste ich an diesem Abend hatte! Sie erkundigten sich höflich nach meinem Leben, aber sie drangen nicht in mich, und so hielt ich es umgekehrt auch. Also erfuhr ich zwar nicht, wie und wo sie sich kennengelernt hatten, dafür aber, wie und wo Umas Eltern sich gefunden hatten, eines späteren Abends nämlich in der *Marktwirtschaft* am Düsseldorfer Carlsplatz, damals noch Karlplatz, beide zwar etwas müde, aber zugleich aufgekratzt durch die Sprossen, die sie an diesem Tag auf der jeweiligen Karriereleiter nach oben geklettert waren.

»So haben sie es mir jedenfalls erzählt«, sagte Uma. »Es muss so gewesen sein, dass sie sich gegenseitig signalisierten: *Ich habe Erfolg gehabt und werde noch mehr Erfolg haben.* Erfolg macht sexy, heißt es doch immer. Sie schwärmen heute noch manchmal von diesen Jahren, wenn ich sie besuche.

Später waren sie etwas enttäuscht vom Leben, glaube ich. Ist das so, wenn man Karriere gemacht hat?«

»Das weiß ich nicht«, sagte ich. »Ich habe eigentlich keine Karriere gemacht. Dazu fehlte es mir an Ehrgeiz.«

»Ah, Ihnen auch!«, rief Uma entzückt. »Mir geht es ganz genau so.«

»Jetzt schwindelt sie ein bisschen«, sagte Hanno, und mir fiel sofort auf, dass er das sanftere Wort benutzte und nicht *lügen* sagte. »Bei Umas Talenten geht's ja gar nicht anders als vorwärts.«

»Aber vorwärts ist nicht zwangsläufig Karriere«, sagte ich.

»Das versuche ich ihm auch immer zu erklären«, sagte Uma. »Im Übrigen stimmt das nicht, dass es nicht anders geht als vorwärts. Man kann auch einfach ganz locker einen Schritt vom Wege machen. Dabei bewegt man sich auch.«

»Sie wollten mir noch erzählen«, sagte Hanno, der dieses Thema offenbar beenden wollte, »woher Sie die Zeichnung haben, die neben Ihrem Bett hängt.«

Also erzählte ich von den beiden Kindern, die auf ihrem Zug durch Europa bei mir neue Kraft geschöpft hatten und dann weitergezogen waren nach Holland.

»Woher wissen Sie das, wenn Sie noch geschlafen haben, als sie gegangen sind?«

Also erzählte ich von meinem Nachbarn auf der holländischen Seite, der die beiden hatte vorüberziehen sehen, Hand in Hand sogar, und von der Karriere dieses Nachbarn als Landesverräter. Der Sturm im Wasserglas, den die investigativen Journalisten im Sommer für eine Woche entfacht hatten, war meinen Gästen offenbar entgangen.

»Ein richtiger Landesverräter«, rief Hanno, »das ist was für Uma!«

Seine Freundin schüttelte unwillig den Kopf, aber Hanno ließ sich nicht bremsen. »Sie schreibt nämlich ihre Dissertation über den Verrat, wissen Sie. Genau genommen über die Stasi und den Prenzlauer Berg. *Der Verrat als schöne Kunst betrachtet*, könnte man sagen.«

Uma übte sich immer noch in einem leicht resignierten Abwinken, aber ich beharrte darauf, dass sie Genaueres erzählte. In der Tat schrieb sie also über den Verrat *als ästhetisches Phänomen,* wie sie es nannte. Weil *Verrat* und *Verräter* sehr biegsame Begriffe seien, die man je nach Lage mit dem gewünschten Inhalt füllen könne, seien auch Verräter in der Mehrzahl sehr biegsame, also flexible Menschen, die ihre Aktionen oft mit sehr viel Stilbewusstsein ausführten. Ästhetische Existenzen eben, eine andere Existenzform sei ihnen kaum möglich. Sie rede natürlich nicht von den Agenten aus ideologischer Überzeugung, die seien langweilig und irgendwie abstoßend.

Ich musste lachen, als sie das sagte, und erzählte von Leo, der sich immer verächtlich über die Gläubigen und Aufrichtigen geäußert hatte, als er noch im Dienst war.

»Der von drüben, der Groeneveld, gehört dagegen nicht dazu«, sagte ich. »Ich kann Sie gern einmal miteinander bekannt machen; ich glaube nicht, dass er was dagegen hat. Allerdings ist er schon ziemlich alt, und in den Wintern kränkelt er etwas.«

Uma murmelte etwas von möglichen *Interferenzen*, was heißen sollte, dass die Begegnung mit einem leibhaftigen Landesverräter sie vielleicht in ihrer Arbeit aus dem Tritt bringen könnte, war aber nicht abgeneigt. Ich fragte sie, wer oder was sie zu diesem Thema gebracht hatte und in welchem Fachbereich sie überhaupt ihre Arbeit schrieb.

»Bei den Historikern«, sagte sie, »aber mein Zweitgutachter wird ein Philosoph sein, und dessen Vorgänger auf dem Lehrstuhl hat mich überhaupt darauf gebracht. Er ist jetzt emeritiert.«

Manchmal feuern meine Synapsen noch sehr schnell. Ich dachte also *Uni Frankfurt* und *Philosoph* und *emeritiert* und fragte sie rundheraus, ob der Anreger ihres Themas vielleicht Ulrich Goergen geheißen habe. Es überraschte mich nicht, dass die Antwort positiv war, und wir alle drei konnten gerade noch die Plattitüde *Die Welt ist klein* vermeiden. Stattdessen erzählte ich von Ulis Besuch vor knapp vierzehn Tagen, wobei ich alle dunklen Schatten aussparte.

»Er ist jetzt mit seiner Frau in Arles und genießt dort die Herbstwärme«, sagte ich.

Uma hatte, wie ich erfuhr, fast alle seine Vorlesungen und Seminare besucht, solange er noch da war, schon allein, wie sie sich ausdrückte, wegen ihrer *ausgefallenen Titel.* »Ein Seminar ging zum Beispiel über Beuys' Postkarte *Ich denke sowieso mit dem Knie* und ein anderes über Picabias Satz *Nur unnütze Dinge sind unentbehrlich.* Die Vorlesung dagegen hatte am Ende immer denselben Titel, sehr akademisch, nämlich *Ironie. Geschichte eines Begriffs*, aber was er dann im jeweiligen Semester dazu erzählte, war nie vorherzusehen. Einmal drehte es sich ein halbes Semester lang um den Anfang von Musils *Mann ohne Eigenschaften,* ein anderes Mal um den Schwindel als Metapher. Das war der Trick; man wusste nie, wovon er dieses Mal erzählen würde, und deshalb kam eine bestimmte Truppe immer wieder, zu der ich auch gehörte.«

»Und sein Nachfolger?« fragte ich. »Ihr Zweitgutachter?«

»Nicht übel«, sagte Uma, »aber Professor Goergen kann eigentlich keinen Nachfolger haben.« Sie fixierte mich scharf, als sie meinen Blick sah und sagte leicht verärgert: »Nein, ich war nicht in ihn verliebt. Ich gehöre nicht zu den Studentinnen, die sich in ihre Professoren verlieben, oder überhaupt in ältere Männer.«

Ich hob beide Hände und ließ sie sachte wieder sinken. »Daran habe ich eben nicht gedacht. Ich war selbst eine gewisse Zeit an der Frankfurter Uni tätig – nein, nein, das ist lange her und ziemlich uninteressant –, und was Sie erzählen, überrascht mich eigentlich nicht. Aber während ich in Frankfurt war, zwei Tage in der Woche, habe ich mich nie so richtig darum gekümmert, was er machte; dabei habe ich sogar abends immer bei den Goergens gegessen. Ich kannte ihn eben schon so lange.«

Und ich erzählte, wie ich Uli kennengelernt hatte, Anfang der Siebziger auf dem Bolzplatz in Schmargendorf; wie er uns geraten hatte, nicht auf den Weltgeist reinzufallen, und wie er entweder großartige oder grauenhafte Pässe aus dem Fußgelenk geschlagen hatte, und dann wiederholte Uma ziemlich elektrisiert: »Aus dem Fußgelenk?«

»Ja«, sagte ich, »völlig ansatzlos, er holte gar nicht aus. Warum?«

»Weil er uns immer gesagt hat, man müsse aus dem Fußgelenk heraus philosophieren, und das fanden wir schon ziemlich schräg. Aus dem Handgelenk, das hätten wir verstanden, aber das Fußgelenk … Wir haben einfach gedacht, das sei eine Paraphrase auf Beuys' Satz mit dem Knie, die Verlängerung nach unten sozusagen.«

Wir waren beim Dessert, als ich von meiner kleinen Irrfahrt nach dem Kino vor einer Woche erzählte. Uma fragte mich, ob ich öfter solche *Absenzen* hätte. Ich weiß nicht, warum mir der Ausdruck so gut gefiel, er war ja nur zutreffend. Ich hatte einen Teil meiner Fahrt einfach nicht bewusst wahrgenommen. Aber es gefiel mir außerordentlich, *Absenzen* zu haben, als handele es sich um eine Auszeichnung, die nur sehr wenige erhielten.

»Ja«, sagte ich, »damals zum Beispiel bei der Wiedervereinigung. Einmal hatten wir Lage im Kanzleramt, und der Dicke, also der Kanzler erzählte, was er mit Gorbatschow alles ausgehandelt hatte und danach in Houston mit den westlichen Freunden, und jeder kapierte damals wohl auf der Stelle, dass die Einheit nicht mehr aufzuhalten war; aber ich sah die ganze Zeit aus dem Fenster auf die Grünfläche draußen und dachte plötzlich tatsächlich an die Wäschestangen auf der Grünfläche hinter dem Waschbetonbau, in dem meine Oma nach dem Krieg wohnte. An die Steintreppe, die von der Kiesfläche davor in die Keller führte. An die beiden Söhne ihres Etagennachbarn, die als Maler arbeiteten und abends an einem Wagen für das große Seifenkistenrennen bastelten, das bald stattfinden sollte in der Stadt. Ich dachte daran, dass die Biere, die sie ihrem Vater ab und zu vom Kiosk holen mussten, noch alle aus der städtischen Brauerei kamen und einen Bügelverschluss hatten, und an die weißen Arbeitsanzüge mit den Farbflecken darauf, die dann manchmal frisch gewaschen hinter dem Haus zum Trocknen hingen. Dann hörte ich um mich herum Aufbruch und Stühlerücken und kehrte zurück in die große neue Zeit, aber ohne verstanden zu haben, was gerade vor sich gegangen war. Der Mantel der Geschichte, von dem der

Dicke damals so gern sprach, war an mir vorbeigeweht, ohne dass ich ihn zu fassen bekommen, ja ohne dass ich ihn wahrgenommen hatte. Das zum Thema *Zugang zum Machthaber*«, sagte ich an Hanno gewandt, der abwinkte.

»Und heute«, fragte Uma zum Schluss, als wir schon auf das Taxi warteten, »was machen Sie heute den ganzen Tag? Ich sehe keinen Garten, den Sie bearbeiten könnten.«

»Das wäre auch ungefähr das Letzte, was ich wollte«, sagte ich. »Ich genieße meine Tage und pflege meine Absenzen. Da ist das Taxi. Wir sehen uns wieder.«

Als sie draußen waren, fiel mir auf, wie lange ich nicht mehr in so beschwörendem und hoffnungsvollem Ton *Wir sehen uns wieder* zu jemandem gesagt hatte. Ich räumte erst am nächsten Morgen auf und fuhr dann das Altglas zu den Containern, die seit einigen Monaten direkt gegenüber dem Friedhof aufgestellt worden sind, als wolle man die Toten an den Spuren des Lebensgenusses Anderer teilhaben lassen. An diesem Morgen gab es dort ein neues Zeugnis moderner Schriftkultur. Auf dem Container für Grünglas fand sich sorgfältig in schöner schwarzer Schrift der Satz **Nationalismus war als Kind schon Scheiße** gesprüht. So ist es recht, dachte ich.

31 Mikroromane

Now the wintertime is coming
The windows are filled with frost
I went to tell everybody
But I could get not across,

sang Bob Dylan zum fünften Mal hintereinander, während ich auf meinem Heiligabendbett in Ostende lag und die Decke noch weiter über mich zog. Die Fenster füllten sich keineswegs mit Frost; draußen herrschten etwa jene zehn Grad plus bei hoher Luftfeuchtigkeit wie vor zehn Jahren, als ich Manuel Hertz kennenlernte, nur so stürmisch wie damals war es nicht. Es herrschte auch sonst Ruhe im Land, das länger schon vor unbekannten Gefahren in Deckung gegangen war und in einer Angst verharrte, die es bis dahin nicht gekannt hatte.

Ich hatte mir seit langem wieder eine Ferienwohnung gemietet, sechster Stock diesmal, ließ die Zeit verstreichen und hörte dieses Lied, das eines der wichtigsten meiner späten Schuljahre gewesen war und dem ich immer die Treue gehalten hatte. Warum, weiß ich nicht. *Kadenzen* eben. Ab und zu trat ich ans Fenster und versuchte, das Meer zu erkennen, das in diesen Tagen oft vom Nebel nicht mehr zu scheiden war, der darüberlag. Frost oder womöglich sogar Schnee hätte ich vielleicht in den Ardennen gefunden, nicht aber hier.

Dafür erlebte ich hier zwei oder drei Momente des Wiedererkennens, besser des Erkanntwerdens, mit denen ich nicht gerechnet hatte. Ich war seit Jahren nicht mehr in Ostende gewesen, fast seit dem Ende meiner Nomadenzeit nicht. Davor aber hatte ich jedes Jahr beinahe ein Drittel des Jahres hier verbracht, und also hob der Wirt des *Café Botteltje* grüßend die Hand, als ich eines Abends hereinkam, die Bedienung in der *Mosselbeurs*, wo ich Muscheln aß, was sonst, begrüßte mich wiedererkennend, und der Wirt des Hotels Louisa, dem ich auf der Straße begegnete, nickte mir zu. Es machte mich fast ein wenig verlegen, festzustellen, wie sehr ich mich darüber freute.

Vor der Abreise hatte ich einen Augenblick daran gedacht, nach Amsterdam zu fahren und *meine Kinder* zu suchen. Inzwischen war ich mir völlig sicher, dass sie in Amsterdam waren, auch wenn ich es nicht erklären konnte. Selbst Gregor Korff hat manchmal das zweite Gesicht. Das sagte mir aber auch, dass ich sie jetzt nicht finden würde, und ich nahm Abstand.

Sie werden sich melden, sagte ich mir, *eines Tages werden sie sich melden.*

Neujahrsansprachen an die lieben Mitbürger im Fernsehen sah ich schon lange nicht mehr; das letzte Mal war 1989 gewesen. Ich nahm am Silvestermenü eines Restaurants an der Promenade teil, ganz hinten am Katzentisch; mir war es recht. Der erste Tag des neuen Jahres war dann wie immer grauenhaft, dumpf, bedrohlich, dagegen bin ich völlig machtlos. Am zweiten Januar fuhr ich zurück in mein Zollhaus. Auf der Antwortmaschine des Telefons gab es eine Nachricht von Uma, dass sie und Hanno sich freuen würden, mich wieder einmal zu sehen. In der Post lag eine

Karte mit Motiven aus Arles und Grüßen von Ulrich und Barbara Goergen; die musste wochenlang unterwegs gewesen sein, und es war um so schöner, dass sie ihren Weg bis hierher dann doch noch gefunden hatte. Post gibt es in meinem Briefkasten sonst nur noch selten.

»Kommen Sie herein«, sagte am nächsten Tag Mijnheer Groeneveld und sah wie immer von oben auf mich herab, »die Tage werden wieder länger«, und dann lachte er herzlich. »Aber ich sehe schon, Sie finden das gar nicht komisch.«

»Doch, doch«, sagte ich. »Ich bin nur überrascht, Sie so lebendig anzutreffen, angesichts der Jahreszeit und des feuchtkalten Wetters.«

»Oh, mir geht es gut. Setzen Sie sich, ich gehe in die Küche und mache Tee.«

Während ich wartete, sah ich die große Kladde aufgeschlagen auf der aufgebockten Tischplatte liegen, wie gewohnt umrahmt von Büchern. Groeneveld hatte es dann aber nicht eilig, mich dorthin zu führen und mir seine neuesten Ansätze zu zeigen, sondern erkundigte sich zuerst nach mir. Ich erzählte von Ulrichs Besuch und von den beiden jungen Leuten, auch von der Thematik von Umas Dissertation. »Ich würde sie gern mit Ihnen bekannt machen«, sagte ich, »aber wenn Sie nicht wollen, müssen Sie es nur sagen.«

»Warum denn nicht«, sagte Groeneveld, »gern. Meinetwegen komme ich auch nach drüben. Ich wollte schon immer mal wieder nach Deutschland, wo ich doch so nah dran wohne.«

Ich sah ihn überrascht an.

»Warum denn nicht? Ich habe dort schließlich nichts mehr zu befürchten. Vielleicht können wir uns bei Ihnen treffen? Dann kann ich zu Fuß gehen und muss meinen alten DS nicht bemühen, der hier in der Garage steht. Ich weiß nämlich nicht, ob er überhaupt noch anspringt.«

»Das lässt sich sicher machen«, sagte ich. »Die beiden werden Ihnen gefallen. Ich möchte Sie noch etwas fragen.«

»Bitte.«

»Wenn Sie damals schon vor der *Wende* aufgeflogen, aber noch rechtzeitig gewarnt worden wären, und wenn Sie von der DDR ein Angebot bekommen hätten, ins Land zu kommen – wären Sie dann dahin gegangen?«

Groeneveld riss die Augen weit auf und starrte mich an. »Sind Sie wahnsinnig«, sagte er schließlich, fast tonlos. »Ich wäre sonstwohin abgehauen, aber doch nicht dahin. Ich wusste doch, dass das ganze Land aus Pappmaché war. Außerdem hatten die seit 1968 diesen Asozialitätsparagraphen, § 249 StGB der Deutschen Demokratischen Republik, wussten Sie das? Freiheitsstrafe bis zu zwei Jahren, wenn man *asozial* lebte, wenn man der Gesellschaft nicht nützlich war. Und ich war nie besonders sozial, auch in Pullach nicht.«

Die Kladde auf der Arbeitsplatte war an dieser Stelle aufgeschlagen:

Der Alte

Unsere Staatsform ist die Republik, wir dürfen machen, was wir wollen. Das Leben eines Alten ist wild, und Dummheit ist nicht meine Stärke. Ich persönlich habe nichts gegen Friedhöfe, ich gehe da recht gern spazieren, lieber da als anderswo.

Am besten sind die daran, die niemals geboren sind. Aber das kommt unter tausend Fällen höchstens zwei- bis dreimal vor.

Ich las mir die Sätze leise vor und nickte dabei vor mich hin, *anerkennend,* wie der korrekte Ausdruck in einem solchen Zusammenhang lautet, während Groeneveld mich beobachtete, für seine Verhältnisse ungewohnt aufgeregt.

»Verstehen Sie?«, rief er schließlich. »Ich versuche es nicht mehr mit dem einen großen Roman, sondern mit hundert kleinen. Fünf oder sechs Sätze kriegt man leichter in einen Zusammenhang. Das *und* zwischen dem wilden Leben eines Alten und dem Satz über die Dummheit, zwischen Svevo und Valéry, muss erlaubt sein, sonst kommt man gar nicht voran. Dadurch verlieren die Sätze nicht ihren Zitatcharakter. Wenn es gar nicht anders geht, nehme ich als Bindeglied auch mal einen Satz aus den BND-Akten, die ich gerettet habe. Die dichten auch ganz schön vor sich hin, wenn auch nicht so schön, wie es die Stasi getan hat. – So kann es gehen, finden Sie nicht?«

»So kann es gehen«, sagte ich.

»Und die *Großn Romane* haben wir doch reichlich«, sagte Groeneveld.

»Stimmt«, sagte ich, »uns fehlen die *Kleinn Romane.*«

»Wie soll ich sie nennen?«, fragte Groeneveld. »Ich dachte an *Mikroromane*, was halten Sie davon?«

»Klingt schön. Schön wäre auch *Romane in Pillenform.* Oder *Nussschalenromane.* Oder *Romanatome.* Das überlasse ich Ihnen. Auf jeden Fall: So kann es gehen, da stimme ich Ihnen zu.«

»Sehen Sie«, sagte Groeneveld, »deshalb geht es mir so gut, Schmuddelwinter hin oder her. Groeneveld hat noch viel zu tun! Es wird noch dauern, bis Sie Ihre Arbeit als Nachlassverwalter antreten müssen, mein lieber Korff!«

Sein Schwung war so groß, dass ich ihm nicht sagen mochte, dass diese Methode zwar ausreichen würde, um Sentenzen aneinanderzureihen und so vielleicht tatsächlich in mühsamer Detailarbeit fünfzig kleine, in sich geschlossene Prosastücke herzustellen, die durchaus ihre Eigenart hätten, dass die Schwierigkeit aber da beginnen würde, wo er anfangen wollte, etwas zu erzählen. Aber vielleicht war es genau das, was er nicht mehr wollte. Vielleicht wollte er nur noch besonders schöne, glänzende Sätze zusammentragen und miteinander verbinden. Ich selbst hatte einen solchen Satz aus meiner Zeit beim Militär nie vergessen, aus einer Vorschrift, die Gasmasken betraf. Ich hatte ihn mir damals extra aus dieser Vorschrift herausgeschrieben, so elegant fand ich ihn. Er lautete: *Unbrauchbare Üb-Filter sind mit einem Hammerschlag auf das Gewinde zu kennzeichnen und dem Schrott zuzuführen.* Was für eine Melodie! Was für ein zarter Gebrauch des Passivs, um die Befehlsform abzumildern! Welches Geschick, das Gewaltsame des Ganzen zu dämpfen! Man hätte ja auch einfach schreiben können: *Einmal mit dem Hammer draufhauen und wegschmeißen.*

Inzwischen hatte sein Schwung Herrn Groeneveld an den Kühlschrank getrieben, wo der Champagner wartete. »Heute sind Sie mein Gast!«, rief er begeistert.

32 Requiem

Ende Januar, zusammen mit den Wochenendzeitungen, gab es erneut Post von den Goergens. In einem größeren Umschlag, der in Barbaras Handschrift an mich adressiert war, steckte ein einmal gefaltetes und beschriebenes A4-Blatt, und darin verbarg sich ein kleinerer Umschlag, auf dem in Barbaras Handschrift die Worte *Für Gregor* standen. Hastig entfaltete ich das Blatt und las: *Frankfurt, den 26. Januar. Lieber Gregor, in dem kleinen Umschlag findest Du eine wichtige Nachricht von Ulrich für Dich, vielleicht liest Du sie zuerst, bevor Du mit meinem Brief weitermachst.*

Ich hielt mich daran und öffnete behutsam Ulis Briefchen. Darin stand: *Zürich, den 18. Januar. Lieber Gregor, es geht nun nicht mehr. Die Schmerzmedikation reicht nicht mehr hin, und auf philosophischen Trost aus Todtnauberg verzichte ich gern. Aber auch die Ironie hat ihre Macht verloren. Sie ist gut und wichtig für die Lebenden und hält den Abstand. Es gibt jedoch Dinge, die man nicht auf Abstand halten kann.*

Aussicht auf Heilung besteht nicht, das wissen wir seit über einem Jahr, und ich habe rechtzeitig vorgesorgt. Noch sind Barbara und ich hier in Zürich im Hotel, aber nachher werden wir abgeholt und fahren in das kleine Haus im Umland. Die Leute von der Organisation waren bisher sehr freundlich, und ich habe keinen Zweifel, dass sie es bis zum Ende sein werden. Ein bisschen von der Freundlichkeit der Welt hat am Ende jeder verdient, und so wenige bekommen es. Auch hier bin ich wieder ein Glückskind.

Ich danke Dir, dass Du bei meinem Besuch nicht weiter nachgefragt hast, obwohl ich gespürt habe, dass Du sehr schnell verstanden hast. Unser Gespräch in Deinem schönen Zollhaus – hätte ich Dich doch schon früher dort besucht! – und die gemeinsame Fahrt im Dunkel nach Düsseldorf gehören zu den letzten kostbaren Erinnerungen in meinem Leben. Danach noch das Licht von Arles.

Vermutlich weißt Du gar nicht, dass Du mein bester Freund warst, denn ich habe es nicht über mich gebracht, Dir das jemals zu sagen. Aber Barbara weiß es, Du kannst sie fragen. Sie wird Dir erzählen können, wie sehr ich mich immer schon vorher gefreut habe, wenn Du ein paar Tage zu uns zu Besuch kamst. Warum das so war, weiß ich nicht genau. Vielleicht habe ich gedacht, dass Du, ohne es zu wollen, genau das gelebt hast, was ich nur philosophiert habe.

Das beiliegende Foto aus Schmargendorf habe ich vor ein paar Jahren in einer Schublade meines Schreibtischs wiedergefunden. Ein Zuschauer, den ich kannte, hat es aufgenommen und mir später einen Abzug gegeben. Ich fand immer, dass Du großartig grätschen konntest, und Dein Stellungsspiel war nicht zu verachten.

À propos Schreibtisch: Den aus der Wiener Werkstätte, den Du mir damals vermacht hast, nimm ruhig wieder zu Dir, wenn Du möchtest, und schmeiß dafür das hässliche Ding raus, das ich bei Dir im Zollhaus gesehen habe. Das ist der letzte praktische Rat, den ich Dir geben kann.

Zu meiner Beisetzung – dieses Wort! – musst Du nicht kommen, wenn es Dir zu schwer wird. Aber vielleicht besuchst Du Barbara dann und wann?

Leb wohl und lange, denk gelegentlich an mich und dreh dem Weltgeist den Rücken zu,

Ulrich.

Ich starrte minutenlang vor mich hin, als ich diesen Brief zu Ende gelesen hatte – Ulrich hatte eine ähnlich schöne Handschrift wie Herr Groeneveld –, erst dann nahm ich das Foto in die Hand. Es zeigte einen Sommernachmittag aus dem Jahr 1971, 72 oder 73, denn das waren die drei Jahre, in denen wir uns in Schmargendorf zum Fussball trafen. Selbstverständlich hatte es nicht mehr die gezackten weißen Ränder der Fotos aus den Fünfzigern und auch nicht deren Kleinbildformat. Es war 18 x 24 groß, schwarzweiß, von einem geübten Fotografen vielleicht auf einem Ilford FP 4-Film aufgenommen, wie ich ihn früher, als ich noch fotografierte, auch bevorzugte. Es zeigte mich grätschend am Boden im Zweikampf mit Uli Goergen, der an diesem Spieltag wohl in der gegnerischen Mannschaft gewesen war und elegant über mich hinwegsetzte. Die Position des Balles, der deutlich zu erkennen war, verriet allerdings nicht, wer den Zweikampf nun gewonnen hatte: ob ich ihn mit meiner Grätsche gestoppt hatte, oder ob im Gegenteil Uli gerade mit dem Ball am Fuß an mir vorbeizog, um danach einen seiner berühmten Pässe zu schlagen. Fünfundvierzig Jahre war das her, ein Augenblick, nicht länger als ein Lidschlag, aber es hatte ihn unzweifelhaft gegeben.

Dann nahm ich wieder Barbaras Brief zur Hand, in dem sie mir mitteilte, dass die Beisetzung – dieses Wort! – am 31. Januar auf dem Frankfurter Hauptfriedhof stattfinden würde, 10.30 Uhr Trauerhalle am Neuen Portal, und auch wenn Uli mich davon vorsorglich suspendiert hatte, fuhr ich selbstverständlich hin.

Ich war sogar der erste Trauergast überhaupt, hatte Granderath morgens um Viertel nach sechs verlassen, in panischer Angst, zu spät zu kommen. Einmal hatte ich so etwas in der Bekanntschaft erlebt, dass jemand nicht mehr rechtzeitig zur Beerdigung seines eigenen Vaters gekommen war. Ich steuerte den Wagen also durch den trüben letzten Januarmorgen nach Süden, vorbei an meinem früheren Leben als Ministerberater, und weiter linksrheinisch an hochgelegenen Burgen, tiefgeduckten Dörfern und Basaltsteinbrüchen vorbei, bis ich bei Koblenz auf die andere Rheinseite wechselte. Erste Stockungen auf der Frankfurter Miquelallee, aber da war der Wettlauf schon gewonnen. Als ich an der Trauerhalle ankam, war es noch vor zehn Uhr; noch niemand hatte sich davor eingefunden, der mir wie ein Beerdigungsgast erschien. Barbara war vermutlich irgendwo drinnen, und ich fragte mich, wer in diesem Augenblick bei ihr war. Dann kamen nach und nach Leute, die diesem Ereignis zuzuordnen waren, einzeln oder in Gruppen, und die den Anderen, die sie nicht kannten, stumm und zögerlich zunickten. Erst, als der Pulk immer größer wurde, begannen auch Gespräche über die eigene Gruppe hinweg; man erinnerte sich gegenseitig, wann und wo man sich zuletzt gesehen hatte: letzte Lockerung vor der Trauer. Ein hagerer Mittachtziger in einem grauen Lodenmantel kam auf mich zu und sagte: »Sie sind doch der Herr Korff«, und ich erkannte noch rechtzeitig Professor Lamm, ehemaliger Ordinarius für Strafrecht und Strafprozessrecht an der Universität Frankfurt, aber schon damals, als er mit Ulrich und

Anita und mir zusammen die Kampagne gegen das *Gesinnungsurteil* geführt hatte, emeritiert. Ich erinnerte mich an unsere klandestinen Sitzungen im schönen Wintergarten der Villa in der Klettenbergstraße, die mich in jener Zeit ihrerseits an die ebenso klandestinen, dabei längst vom Staatsschutz ins Visier genommenen Sitzungen Anfang der siebziger Jahre in Westberlin erinnert hatten. Professor Lamm und ich gaben uns die Hand, und er sagte:

»Das ist so schade, und es kam so pötzlich. Ich hoffe, Ihnen geht es gut?«

»Ich kann nicht klagen«, sagte ich. »Schön, dass wir uns wiedersehen, auch wenn es ein trauriger Anlass ist.«

Auf der Fahrt hatte ich mir nicht überlegt, dass es vermutlich ziemlich voll werden würde. Aber schließlich war Uli eine Person des akademischen Lebens, und auch wenn er gleichsam der Chefironiker dieses Lebens gewesen war, erwies man ihm selbstverständlich die *letzte Ehre.*

Die Trauerhalle wurde jetzt geöffnet, und es kam Bewegung in den Pulk. Natürlich gab es keinerlei Gedrängel, doch Stockungen und kleine Auffahrunfälle, verursacht durch die Eintragungen ins Kondolenzbuch, das am Eingang auslag. Als ich an der Reihe war, schmerzte mich wieder mein vollständiges zeichnerisches Unvermögen. Es wäre gut gewesen, jetzt Zlatko bei mir zu haben, der stellvertretend für mich einen Gruß hätte einzeichnen können.

Man nahm Platz, unter Flüstern und Hin- und Herrücken, wie es üblich ist bei solchen Anlässen. Dann kam Barbara herein, tiefschwarz und am Arm eines mir unbekannten Mannes, der jünger war als sie und sie in die erste Reihe führte. Aber mir waren fast alle Trauergäste unbekannt; ich hatte die Zusammenhänge, in denen ich sie hätte kennenlernen können, vor zwei Jahrzehnten verlassen.

Kein Geistlicher hat ihn begleitet. Ulrich hatte dafür gesorgt, dass auf seiner Trauerfeier weder ein Pfarrer, aus welcher Kirche auch immer, noch ein professioneller Trauerredner sprach. Vorn, neben dem Sarg mit dem Foto darauf, war dennoch ein kleines Pult mit einem Mikro aufgestellt; also sollte jemand reden. Vielleicht Barbara, vielleicht all die Leute, die unter die Rubrik *Weggefährten* fielen? Vielleicht sogar spontan? Dann wäre also auch ich gefragt? Darauf war ich nicht vorbereitet.

Zunächst einmal gab es Musik. Wenn in solchen Gebäuden und bei solchen Gelegenheiten Musik erklingt, rechnet man unwillkürlich zuerst mit der Orgel, also höchstwahrscheinlich Bach, wer denn sonst. Bei verstorbenen Kämpfern für eine bessere Welt vielleicht auch Kampflieder oder solche mit hohem Symbolgehalt; zu diesen Kämpfern aber hatte Uli bekanntlich nicht gehört. Dass ihn der Weltgeist am Ende musikalisch begleitete, hatte er sich sicherlich verbeten.

Stattdessen hörte ich den ebenso zarten wie nachdrücklichen Anschlag von Adam Harasiewicz und die ersten Takte von Chopins *Berceuse.* Ich erkannte das deshalb sofort, weil Ulrich mir dieses Wiegenlied öfter vorgespielt hatte und ich seit langem wusste, dass es zu seinen Lieblingsstücken gehörte. Dabei war es nicht ohne Ironie – wie sollte es auch! –, dass das Lied auf seiner Trauerfeier erklang, weil er es für *einen großen Quatsch* hielt, dass der Tod des *Schlafes Bruder* sei. »Wer schläft, ist am Leben und genießt sogar eine seiner besten Seiten«, sagte er, »und wer tot ist, ist tot, unwiederbringlich.«

Dann trat der Mann ans Pult, der Barbara in die erste Reihe geführt hatte, und nach und nach, während er sprach, wurde mir klar, dass er Ulrichs Nachfolger auf dem Lehrstuhl sein musste. Alle Anderen hier schienen das schon gewusst zu haben. Wahrscheinlich handelte es sich bei ihm um jemanden, den Ulrich protegiert hatte. Ich kannte ja aus eigener Erfahrung seine Praxis, *seine Leute* zu unterstützen, wo er konnte. Das gehörte zu seiner Maxime, vom eigenen Glück abzugeben, um sich selbst zu schützen. Das war also der Mann, fiel mir dann ein, der auch als Zweitgutachter Umas Dissertation beurteilen würde, und unwillkürlich drehte ich mich um, ob ich sie nicht hier irgendwo unter den Trauergästen entdeckte. Aber das war erstens sehr unwahrscheinlich, und zweitens mustert man während einer Trauerrede nicht die anderen Zuhörer.

Ich habe die Rede, die sicher angemessen war, komplett vergessen. Vielleicht hat sie mich auch in dem Moment gar nicht erreicht, weil ich mich fragte, wie Ulis eigener Blick auf seine Trauerfeier wohl ausgesehen hätte. Ich erinnerte mich, dass er mir einmal gesagt hatte, seine eigene *bedeutendste Lebensleistung* sei der Vierzigmeterpass am Nachmittag des 24. Juli 1971 gewesen, der so präzise war, dass vorn der heranstürmende Dieter, der Fernmeldetechniker mit der Afromatte, nur noch den Fuß hinhalten musste, um ein Tor daraus zu machen.

Dann war die Rede zu Ende, und die Kinks sangen:

Thank you for the days
Those endless days, those sacred days you gave me
I'm thinking of the days
I won't forget a single day, believe me

I bless the light
I bless the light that lights on you believe me.
And though you're gone
You're with me every single day believe me.

Ich hörte das Schluchzen hier und da, vor und hinter und neben mir, und ich hatte keine andere Wahl, als einzustimmen. Ich habe später Barbara nicht zu fragen gewagt, ob dies ihr Abschiedslied an Ulrich war oder Ulrichs Abschiedslied an sie oder beides. Jedenfalls war die Trauerfeier damit schon beendet, sie hatte eine knappe halbe Stunde gedauert. Die Sargträger erschienen, und die Trauergemeinde machte sich auf den Weg zum Gewann K, nah an der Friedberger Landstraße, wo das offene Grab wartete.

Erst, als wir es wieder verließen, entdeckte ich Leo und Anita. Ich hatte gerade Barbara in den Arm genommen und ihr gesagt, dass ich nicht mehr zum anschließenden Bankett mitkommen, sie aber in den nächsten Tagen anrufen und auch besuchen würde.

»Das ist in Ordnung, Gregor«, sagte sie, »ich habe dich auch lieber bei uns – bei mir – in der Klettenbergstraße allein als mit den vielen Leuten hier zusammen.«

Auch Leo und Anita, als ich mich zu ihnen vorgearbeitet hatte, teilten mir als Erstes mit, dass sie gleich ins Bergische zurückfahren und nicht mehr an dem *Leichenschmaus* teilnehmen würden. Leo, der sich früher trotz seiner Größe immer aufrecht gehalten hatte, ging jetzt leicht gebückt. Er kündigte mir an, ich würde bald eine Einladung zu seinem Siebzigsten erhalten, und ich erschrak. Anita schenkte mir ein Sphinxlächeln, und mir fiel ein, dass sie etwa so alt sein musste wie Umas Eltern. Ob sie auch *etwas erschöpft* ins Bergische Land sah, oder von der Agentur aus auf den Rhein, oder ob sie noch immer auf dem Erfolgsweg voranstürmte, war ihr in diesem Augenblick nicht anzumerken. Dagegen entdeckte ich jetzt bei Leo, dass sein Kopf die ganze Zeit leicht wackelte und die Hände kaum merklich zitterten.

»Ich freue mich auf die Einladung«, sagte ich schnell. »Ich gehe gleich hier raus, mein Wagen steht in der Nähe.« Wir nickten einander noch einmal zu, und dann stand ich draußen an der Friedberger Landstraße, wo sich zum ersten Mal an diesem Tag ein Stück Wintersonne durch die fast geschlossene Wolkendecke kämpfte.

33 Unterhaltungen deutscher Eingeborener (II)

Alle waren gekommen, einer sogar ganz unerwartet, und der Tag selbst brachte eine Ahnung von Frühling mit sich, wie manchmal an meinem Geburtstag. Kein *runder*; meine runden Geburtstage habe ich gern allein und im Verborgenen gefeiert, meinen vierzigsten etwa in Ostende und den sechzigsten im Hotel Nikko in Düsseldorf – da es ein Samstag war, stellte die Sportschau und die Verfolgung des Bundesligaspieltags den Höhepunkt des Tages dar. Abends Sashimi im Hotelrestaurant, danach früh ins Bett.

Uma und Hanno kamen mit dem Fahrrad, Martin auch. Herr Groeneveld ging mit gemessenen Schritten zu Fuß über die Grenze, das erste Mal, seit er in Tingeloo wohnte. Und während ich schon im leer geräumten Schuppen meine neue Errungenschaft vorzeigte und alle staunten, klingelte es an der Haustür, und davor stand Manuel Hertz, der keine Ahnung hatte, dass heute mein Geburtstag war, aber endlich mal sehen wollte, wie ich wohne. Auf der Durchreise selbstverständlich, er wollte weiter nach Zandvoort, ein paar Tage ausspannen an der See.

»Wovon willst du ausspannen?«, fragte ich, »du bist doch im Ruhestand.«

»Das ist nicht so einfach mit dem Ruhestand.«

Ich lotste ihn in den Schuppen, erklärte auf dem kurzen Weg die Situation und stellte ihn den anderen vor.

»Jetzt sind wir sechs«, sagte Uma, »jetzt können wir ein Turnier spielen. Wir losen drei K.o.-Runden aus, und die drei Sieger spielen jeder gegen jeden. Das sind insgesamt nur sechs Partien. In der K.o.-Runde nur ein Gewinnsatz, damit es schneller geht, in der Endrunde zwei Gewinnsätze pro Partie.«

»Ich sagte ja schon«, flüsterte Hanno mir zu, »sie ist knapp an der Hochbegabung vorbeigeschrammt.«

»Wir müssten vielleicht erst mal fragen, ob alle spielen«, bremste ich.

»Ich auf jeden Fall«, sagte Martin, und Herr Groeneveld schloss sich an: »Ich bin derzeit sehr gut in Form.«

Auf der Rückfahrt von Ulrichs Beerdigung vor ein paar Wochen, während einer meiner Absenzen, war plötzlich das Bild wieder aufgetaucht, wie ich vor vielen Jahren in Ostende, am Tag, bevor ich Manuel kennenlernte, mir vier Tischtennisschläger und sechs Bälle gekauft hatte, allein, um mal wieder ein paar Worte mit jemandem wechseln zu müssen, und ich erinnerte mich, dass ich beides, die Schläger und die Bälle, beim Entrümpeln des Schuppens nicht weggeworfen, sondern im Gegenteil in der Wohnung in einem Schrank verstaut hatte. Bald nach meiner Rückkehr bestellte ich im Internet die hochwertigste Platte, die ich bekommen konnte, und baute sie in mühsamer Arbeit auf. Sie passte gut in den Schuppen, hatte aber auch *Outdoor-Qualität*, und man konnte sie bei gutem Wetter auf das Gelände hinterm Haus rollen, an das sich weiter hinten eine Schafweide anschloss. Als ich noch zur Schule ging, stand bei uns zu Hause eine Platte in dem riesigen Kellerraum, der als Garage geplant worden war, mangels Auto aber nie als solche genutzt wurde. Dort spielte ich gegen meine Freunde, nachmittagelang, bis wir erhitzt wieder ans Tageslicht kletterten. Ich glaube, die für lange Zeit versiegelte Erinnerung an diese Nachmittage war es, die mich damals in Ostende die Schläger und die Bälle und nicht irgendetwas Anderes hatte kaufen lassen. Dass es seitdem noch einmal rund zehn Jahre gedauert hatte, bis sie zum Einsatz kamen, spielte keine Rolle. Sie hatten auf ihre Gelegenheit gewartet, und die Gelegenheit war jetzt gekommen.

Das Turnier dauerte eine Stunde. In der Vorrunde, die wir auslosten, schlug Manuel Hanno, eine hektische Partie, voller misslungener und manchmal auch gelungener Kunststücke auf beiden Seiten. Großer Kraftaufwand. Dann schied ich gegen Uma aus. Nein, ich habe sie nicht gewinnen lassen. Wenn es um aktiven Sport ging – selten genug also im Leben –, hat Gregor Korff immer den Ehrgeiz entwickelt, der ihm sonst fehlte. Es war ein sehr knappes Spiel, und Uma gewann nur, weil ich im letzten Ballwechsel den Ball völlig überhastet und unnötig ins Netz schmetterte; das möchte ich festhalten. Dann spielten die beiden alten Herren gegeneinander, und es stellte sich schnell heraus, dass Martin, mit sehr geringem Kraftaufwand, den Satz gewinnen würde. Mich wunderte es nicht, wie drahtig, wie beweglich er mit seinen neunzig Jahren noch war. Dabei war er der Ältere von den beiden, wenn in diesem Alter zwei Jahre Unterschied noch etwas bedeuten. Herr Groeneveld gab sich Mühe, erwischte den einen oder anderen Ball aber nur wegen der enormen Reichweite seiner Arme, was nicht hieß, dass er ihn korrekt zurückbringen konnte. Die Partie dauerte etwas mehr als fünf Minuten, dann war sie entschieden. Martin wollte seinen geschlagenen Gegner trösten, aber der wehrte freundlich lächelnd ab. »Wenn ich in meinem Alter noch nicht gelernt hätte zu scheitern …«, sagte er.

Die Schlussrunde wurde mit der Partie zwischen der philosophischen Historikerin mit soziologischer Ausbildung und dem ehemaligen Investmentbanker eröffnet. Manuel versuchte wieder zu glänzen, um seine Gegnerin, die ihm offenkundig gefiel, zu beeindrucken; zugleich schien er sich etwas zurückzuhalten, um sie nicht zu verprellen. Das wäre nicht nötig gewesen, denn Uma war die bessere Spielerin, hatte Überblick, Geduld und schnellere Reaktionen und hätte sich auch ohne die Zurückhaltung ihres Gegners in zwei Sätzen durchgesetzt.

Es folgte dann das Spiel zwischen Manuel und Martin. *45 years*, dachte ich plötzlich wieder, denn so viele Jahre lagen zwischen ihnen. Manuel bemühte sich, sein Spiel umzustellen, weniger Mätzchen, mehr Effizienz. Er *haute sich rein*. Wir sahen staunend zu, staunten aber nicht über ihn. Es wurde die Partie zwischen dem Hasen und dem Igel. Martin Taubert war immer schon da, wo der Ball hinkam, und das Match war nach zwei Sätzen, zum Teil mit etwas längeren Ballwechseln, für ihn entschieden.

Also war die letzte Partie zwischen dem alten Mann und der jungen Frau ein echtes Endspiel. Uma war eine gute Ping-Pong-Spielerin auf hohem Amateurniveau, *knapp an der Hochbegabung vorbei*, hätte ihr Freund vielleicht gesagt, aber inzwischen dämmerte uns allen wohl, dass Martin eine andere Geschichte hatte. Und ich begriff, dass es ihm unmöglich war, hier irgendwie Galanterie oder Courtoisie aufzubringen, dass er nicht aus seiner Haut konnte, dass er gerade etwas tat, was er liebte oder einmal geliebt hatte. In diesem Spiel erst zeigte er sein ganzes Repertoire an Schlägen und an taktischem Geschick. Topspin, Slice, Sidespin, Flip, der ganze Katalog, dazu jederzeit die Vorwegnahme dessen, was seine Gegnerin als Nächstes tun würde, schließlich der tödliche Ball. Am Ende gab er Uma die Hand und entschuldigte sich, und sie strahlte ihn an.

In der Wohnung stellte ich die *tarte aux pommes* und die *tarte aux fraises* auf den Tisch, die ich am Tag vorher extra aus einer Düsseldorfer Konditorei abgeholt hatte, und machte Tee und Kaffee, während die Anderen gemeinsam Martin bedrängten.

»Ja, ich habe früher mal im Verein gespielt«, gab Martin zu. »In Duisburg. Irgendein Sportlehrer hatte schon während der Nazizeit mein Talent entdeckt. Nach dem Krieg war ich im Verein auf der Rangliste immer die Nummer eins, und oft auch im Landesverband. Wenn ich jünger gewesen wäre, wäre ich vielleicht Profi geworden, aber damals gab es noch keine echten Profis, und das war mir alles zu unsicher. Ich hatte längst beim Zoll angefangen, und Sport als Beruf, das fand ich irgendwie nicht ganz seriös. Aber ich habe lange gespielt. Ich war über dreißig, als ich aufgehört habe.« Dann wandte er sich noch einmal an Uma und sagte: »Es tut mir leid, dass ich mich nicht zurückhalten konnte. Aber es scheint so, als ob man …« Dann hatte er den Faden verloren, und Uma sagte: »Als ob man das, was man gut kann, nicht einfach verleugnen kann. Es ist stärker als man selbst.«

Wie es sich gehört, musste ich vor den Gästen die Geschenke auspacken. Nur Herr Groeneveld bat mich, mit seinem Geschenk, das in einem normalen Briefumschlag steckte, bis zum Abend zu warten, wenn ich wieder allein sei. »Es ist geheim«, kalauerte er, »ich war schließlich beim Geheimdienst.« Manuel, der bis zu diesem Tag von meinem Geburtstag nichts gewusst hatte, bat um ein Blatt Papier, einen Stift und einen Umschlag.

Ich fing beim ältesten Gast an. Martin hatte sein Geschenk in zollgrünes, matt glänzendes Papier eingewickelt und mit einer roten Schleife versehen. Beim Auswickeln wurde klar, dass es sich um zwei Geschenke handelte. Oben lag eine DVD. Der Film hieß *Sündige Grenze*, war aus dem Jahr 1951, und sein Regisseur hieß Robert A. Stemmle. Es ging um den Kaffeeschmuggel in der Nachkriegszeit im Aachener Grenzgebiet, aus der bekannten *heroischen Periode* des Schmuggels also, ein Schmuggel, der nicht unwesentlich von Kindern durchgeführt wurde, wie Martin mir einmal erzählt hatte. Die Hauptrollen spielten längst verblichene Heroen des deutschen Films, Dieter Borsche und Gisela von Collande. Das zweite Geschenk war das Buch eines Autorengespanns mit dem Titel *Zollgeschichten. 50 Momentaufnahmen aus 5000 Jahren.*

»Ich dachte«, sagte Martin, während ich darin blätterte, »ich schenke dir was für deine beiden Lieblingsbeschäftigungen, lesen und Filme gucken. Aber im Frühjahr machen wir wieder eine Radtour.«

Danach öffnete ich Manuels Umschlag, den er gerade erst zugeklebt hatte. Mir war klar, dass es sich nur um einen irgendwie gearteten Gutschein handeln konnte; er hatte keine Chance gehabt, sich ein *persönliches Geschenk* auszudenken und es zu beschaffen. Sonst hätte er vielleicht, im Andenken an den Abend unseres Kennenlernens, eine Kollektion belgischer Biere mitgebracht.

Der Gutschein schenkte mir eine Woche im Hotel *Waldhaus* in Sils-Maria, zu einem Zeitpunkt meiner Wahl.

»Ich weiß, dass du ungern in die Berge fährst«, sagte Manuel, »aber das Oberengadin sind erstens nicht irgendwelche Berge, und das Hotel ist das beste der Welt. Ich würde entweder im Hochsommer hinfahren oder im Winter, wenn es eingeschneit ist. Sag mir Bescheid, wenn du da warst.«

»Nicht, wenn ich hinfahre?«

»Ich will dich nicht besuchen. Es ist deine Woche, nicht meine. Vielleicht ist gerade Mick Jagger da. Oder Isabelle Huppert, die magst du doch.«

Die *jungen Leute* hatten ein gemeinsames Geschenk mitgebracht, sehr sorgfältig in normales Packpapier eingeschlagen und innen noch einmal, wie ich beim langsamen Auswickeln sah, mit Noppenfolie ausgepolstert, zweifellos also ein gerahmtes Bild. Eine Zeichnung offenbar, und ich erinnerte mich, dass wir bei dem Essen im letzten Herbst über Zlatkos Zeichnung, übers Zeichnen überhaupt gesprochen hatten. Ich hatte wohl auch über meine Liebe zu Degas gesprochen, denn dies hier war zweifellos ein Degas, selbstverständlich eine Reproduktion. Eine der ungezählten Vorstudien zu einem geplanten Bild vermutlich, von jenem Mann, *der sich sein ganzes Leben einschließt und Fingernägel skizziert.* Uma und Hanno hatten ein Blatt mit diesem Text beigelegt: *Edgar Degas, Kleine Tänzerin an der Stange, 1878–1880, Kohle mit Weißhöhungen auf rosa Papier, 310x293 mm. The Metropolitan Museum of Art, New York.* Die *kleine Tänzerin,* sieben oder acht Jahre alt, umklammerte mit der linken Hand die Stange, auf dem linken Bein stehend, den Fuß auswärts gedreht, und streckte den rechten Arm und das rechte Bein in die andere Richtung aus, auch hier den Fuß auswärts gedreht. Das Gesicht war deutlich gezeichnet und zeigte die angespannte Konzentration dieses Kindes, und die Gesichtszüge, was Uma und Hanno unmöglich hatten wissen können, hatten eine frappierende Ähnlichkeit mit Maria / Blaženka.

»Wir hatten gedacht«, begann Hanno, »weil Sie doch damals so viel über Degas erzählt haben.« Ich ließ ihn nicht weiterreden, sondern nahm den jungen Mann, dem ich im vergangenen Sommer so viel Angst eingejagt hatte, dass er die Flucht ergriff, in die Arme, danach seine Freundin.

»Danke«, sagte ich, »danke. Nachher können wir zusammen sehen, wo der beste Platz dafür ist.«

Ich warf Herrn Groeneveld einen fragenden Blick zu, ob ich nicht doch? Aber er winkte ab und sagte noch einmal: »Heute Abend, wenn Sie allein sind.«

Später standen oder saßen wir in Zweiergruppen, die sich schnell herausgebildet hatten. Hanno und Manuel stritten darüber, ob es so etwas wie ethisches Banking geben könne. Genau genommen stritten sie nicht, sondern Hanno attackierte die Praxis der Banken auf allen Gebieten erbittert, und Manuel gab ihm andauernd recht. Es war wie bei einer dieser japanischen Selbstverteidigungskünste, bei denen der Angreifer, wenn sein Gegenüber gut ausgebildet ist, immer schon der Verlierer ist. Ja, manche sogenannten Finanzprodukte würden die Banker nicht mal selbst verstehen, und sie könnten ihre Käufer ruinieren. Ja, die meisten Aktienpakete und Fonds hätten Unternehmen im Paket, deren Aktivitäten unter ökologischen und ethischen Gesichtspunkten nicht nur zweifelhaft, sondern absolut inakzeptabel seien. Ja, gab Manuel weiter zu, die Beratung von Privatkunden sei oftmals irreführend und grenze an Betrug, soweit er das beurteilen könne; er habe nie etwas damit zu tun gehabt. Selbstverständlich müssten Kredit- und Sollzinsen viel niedriger sein. Aber klar, bei den Immobilienfinanzierungen werde getrickst. Und so weiter, ich hörte das mit halbem Ohr, während ich zugleich Martin zuhörte. Der angreifende Hanno hatte nie eine Chance, weil Manuel immer schon abgetaucht war, sich weggedreht hatte oder den Schwung des Angreifers mitnahm, um ihn auf die Matte zu legen.

»Wissen Sie«, sagte er zum Schluss, »ich bin da lange raus. Ich bin im Ruhestand, und das Geld, das ich verdient habe, nutze ich, um gute Dinge zu tun. Zum Beispiel Gregor eine Woche im *Waldhaus* spendieren. Das ist ein Freundschaftsakt, und ich glaube, Freundschaft ist ein sehr hoher Wert. Aber ich tue auch noch Anderes, das ich nicht öffentlich mache.«

»Das kann jeder sagen«, konterte Hanno, schon mit ermatteter Stimme.

»Das kann eben nicht jeder sagen«, sagte Manuel, »sondern nur der, der's tut. Ich tu's.«

Uma und Herr Groeneveld waren, das war vorherzusehen gewesen, bei der Kunst des Verrats, und ich hatte den Eindruck, dass sie hochgradig Gefallen aneinander fanden. Sie strahlten sich an, mitgerissen von der Begeisterung fürs Thema. Sehr viel bekam ich nicht mit, aber immerhin hörte ich Umas These, dass der geübte Verräter eine ästhetische Lebenshaltung haben und vor allem die Kunst der Darstellung beherrschen müsse, weil er ansonsten schnell auffliegen werde. Im Regelfall müsse er auch literarisch versiert sein, also die Kunst des richtigen Wortes beherrschen, auch schriftlich, und dabei immer auch auf der Höhe der Mehrdeutigkeit der Wörter sein, ihrer Ambivalenz eben. Der mehrdeutigste Begriff sei ja wohl der des Verrats selbst. Es gebe nach ihrer Ansicht kein anderes Wort, das so viel geballte Unbestimmtheit in sich trage. Hier stand Herr Groeneveld nach meinem Eindruck kurz davor, sich als aktiver Literat, als unermüdlicher Monteur von Wörtern und Sätzen zu outen. Er tat es dann aber wohl doch nicht; jedenfalls sprach Uma mich später beim Abschied nicht darauf an. Auf jeden Fall waren die beiden in einem überaus angeregten Austausch befangen, der nichts mit Aikido und seinen Ausweichbewegungen zu tun hatte, sondern in dem wie vorhin beim Ping-Pong die Bälle eifrig hin- und herflogen.

Ich selbst saß mit Martin zusammen und war nur Zuhörer, manchmal Stichwortgeber. Das kleine Turnier, aus dem er als souveräner Sieger hervorgegangen war, hatte ihn keineswegs erschöpft, sondern eher angeregt. Mehr als je zuvor nahm er an diesem Nachmittag in seinen Erzählungen die Perspektive der Gleichzeitigkeit ein; alle berichteten Erlebnisse waren ihm gleich nah, eine Stufe der *Erleuchtung*, von der die anderen Anwesenden noch weit entfernt waren.

Seinen Sprüngen zu folgen, war nicht leicht, aber eine gute Gymnastik. Die Schmuggler, die einen britischen Jeep und britische Uniformen organisiert hatten und selbstverständlich an der Grenze immer hinübergewinkt wurden, schließlich war das hier britische Zone. Das nur knapp verlorene Match gegen Conny Freundorfer in Osnabrück 1954. *Drei Sätze, Gregor, gegen Freundorfer!* Die Platte mit Meeresfrüchten und den fremdartigen Instrumenten in Paris. *Wir mussten uns das zeigen lassen, und die Gäste an den Nebentischen haben blöd geguckt.* Die Schweizer Enkelin, die in der Zürcher Bahnhofstraße bei einem Juwelier arbeitet und sich bei einem Überfall auf der Toilette versteckt hat. *Ein Angestellter ist schwer verletzt worden.* Der Junkie 1972, der kurz nach seiner Festsetzung im Gewahrsam gestorben ist. *Die Presse danach, Gregor; aber wir konnten nichts machen.* Noch einmal der Kollege, der 1977 die junge Frau angeschossen hat, und er, Martin Taubert, mit Kaffee am Fenster stehend. Die Kirmes in Moers 1952, bei der er an der Raupe seine Frau kennenlernte. *Wir haben fünf Wochen später geheiratet. So war das damals.* Der Hirschbock im Brachter Wald, dem er vor einem Jahr plötzlich gegenüberstand. Der ältere Sohn in Frankfurt, der jetzt –

An dieser Stelle stieß Manuel einen Schrei des Entzückens aus, der alle Unterhaltungen sofort zum Stillstand brachte und den Schafen galt, die auf der Weide hinterm Schuppen zum ersten Mal in diesem Jahr wieder grasten und sich wärmend aneinanderdrängten. Ich hatte sie schon morgens nach dem Aufwachen freudig registriert. Es war eine Herde von beachtlicher Größe. Einmal hatte ich mit dem Schäfer gesprochen und erfahren, dass seine Tiere zur robusten Rasse der Suffolkschafe gehören und somit durchaus zum späteren Verzehr gedacht sind. Sie sind gedrungen, langgestreckt, nicht sehr hoch gewachsen und haben schwarze Köpfe. Sie haben nicht ganz dieses Liebliche etwa von Merinoschafen, aber das macht nichts, denn ich liebe alle Schafe.

»Ich liebe alle Schafe«, sagte Manuel in diesem Moment, »das habe ich nur noch nie jemandem erzählt.« Er stand jetzt hinterm Schuppen und starrte auf die Herde, und ich sah, wie ein paar stille Tränen langsam seine Wangen hinabflossen. Alle anderen waren ihm jetzt nach draußen gefolgt und sahen auf die breiten, gedrungenen Wollmassen, und entfernt war auch vereinzeltes Blöken zu hören, an das ich mich längst gewöhnt hatte und das ich nicht mehr missen möchte.

Wir standen jetzt alle in einer Reihe nebeneinander, wie eine kleine menschliche Herde, und ein paar Minuten lang sprach keiner, bis Herr Groeneveld sagte: »Ich glaube, ich sollte langsam mal wieder nach Holland rüber. Es fängt schon an zu dämmern.«

»Soll ich Sie ein Stück mitnehmen?«, fragte Manuel. »Ich fahre ja auch nach Holland.«

Herr Groeneveld lächelte und sagte: »Vielen Dank, aber das ist nicht nötig. Es sind wirklich nur hundert Schritte. Da lohnt sich das Einsteigen nicht.« Dann wandte er sich mir zu. »Herzlichen Dank für die Einladung, und einen schönen Geburtstag noch, Herr Korff. Schauen Sie gelegentlich mal wieder bei mir rein.«

Ohne es zu wollen, hatte er damit den allgemeinen Aufbruch eingeleitet. Umarmungen und Händeschütteln. Martin radelte auf die gewohnte Art, mit abgespreizten Knien, orts- und landeinwärts. Da hatte Herr Groeneveld schon die Grenze überschritten, ohne dass seine imposante Gestalt drüben in Tingeloo für unsere Augen wesentlich kleiner geworden wäre. Ich begleitete Martin zu seinem Auto, einem etwas älteren Maybach von schmerzhafter Bescheidenheit.

»In Zandvoort wird noch nicht viel los sein«, sagte ich.

»Deshalb fahre ich hin.«

»Aber bei dir im Taunus ist doch auch nicht viel los.«

»Wenn du wüsstest. Das Leben da oben ist wie ein ewiges Ranglistenturnier, um einen Vergleich von heute Nachmittag zu nehmen. Ich glaube, ich bin da bald weg. So ein Zollhaus wie deins, das wäre was.«

Wir sahen ihn über die Grenze rollen, vorbei an Groenevelds Haus, und langsam in der Abenddämmerung verschwinden. Die beiden jungen Leute hatten schon ihre Fahrräder bei sich.

»Das war ein *zauberhafter* Nachmittag«, sagte Uma. »So haben Sie bestimmt seit vielen Jahren nicht mehr Geburtstag gefeiert.«

»Nein. Habe ich nicht.«

»Also, wir fahren. Vielen Dank noch einmal. Vielleicht nächste Woche Mittwoch mal wieder Kempen? Kino? Ich schau mal nach, was läuft.«

Im Haus öffnete ich den Umschlag mit Groenevelds Text, oder was ich bisher dafür gehalten hatte. Ich rechnete selbstverständlich mit einem neuen Mikroroman. Stattdessen fand ich – im Original – ein einzelnes Blatt aus einer alten Akte, das schon recht mürbe und angegilbt war, dazu, auf feinem Briefpapier, die folgende Notiz in Groenevelds wunderbarer

Handschrift: *Lieber Herr Korff, ich kann Ihnen auch nicht erklären, was es mit diesem einzelnen Blatt auf sich hat und wie es in Pullach gelandet ist. Sie sehen, es ist sogar das Original (ich habe mir erlaubt, eine Kopie für mein Archiv zu machen). Es fand sich unter Material, das sich mit ganz anderen Dingen befasste, und ich habe es damals einfach aussortiert und an mich genommen. Wer das geschrieben hat, kann ich Ihnen nicht sagen. Von der Papierqualität wie vom Inhalt her ist es kein Werk des BND noch eines des Verfassungsschutzes, sondern stammt aus der DDR selig. Mit Sicherheit hatte das ursprüngliche Dokument mehr Seiten, dieses Blatt hat sich verirrt. Gefunden habe ich es 1988; geschrieben worden sein muss es aber schon um 1984, da werden Sie mir zustimmen. Dass es sich unzweifelhaft um Sie handelt, geht aus der genannten Adresse ebenso wie aus anderen Details hervor. Ich sehe es als passendes Geschenk zu Ihrem Ehrentag, denn mit diesem Blatt haben Sie zweifellos als Figur Eingang gefunden in das Werk der Staatssicherheit, des größten Literaturproduzenten der DDR. Alles Gute fürs neue Lebensjahr und auf weitere gute Nachbarschaft, Ihr Piet Groeneveld.*

Dann nahm ich das maschinenbeschriebene Blatt zur Hand. Der i-Punkt hatte jedesmal ein kleines Loch ins Papier geschlagen. Der Verfasser/die Verfasserin hatte über mich Folgendes niedergelegt: … *1948, wohnhaft Kurfürstenstraße 46, 5300 Bonn. Der K. gehört seit zwei Jahren zum engen Beraterstab von Objekt PAP. In den 70er Jahren während seines Studiums (Politikwissenschaft am Otto-Suhr-Institut) Mitglied einer maoistischen Kaderorganisation in der Selbst. Pol. Einheit Berlin (West). Mehrere Tagesaufenthalte in der Hauptstadt der DDR, Kontakte nicht bekannt. Später*

Dozent an der Hochschule für Verwaltungswissenschaften in Speyer, dort Spezialist für die Lehre des faschistischen Staatsjuristen Carl Schmitt. Aus Speyer von PAP nach Bonn geholt. K. ist nicht offen karriereorientiert, ein politischer Standpunkt ist ebenfalls nicht erkennbar, ideologisch nicht gefestigt. Künstlerisch-literarische Interessen. »Gutes Leben« (teure Restaurants, Reisen, Abstieg in Sternehotels). Erotisch unentschieden, aber ansprechbar. Es wird deshalb vorgeschlagen, die IMB …

Schade, dass die Seite hier zu Ende war, wie immer, wenn es rätselhaft zugehen muss. Zu gern hätte ich Sonjas Decknamen erfahren, denn für mich bestand kein Zweifel, dass die Inoffizielle Mitarbeiterin mit Feindberührung, die offenbar auf mich angesetzt werden sollte, Sonja war. Dann wäre Groenevelds Datierung des Blattes, *um 1984,* gesichert. PAP war, als kaum klandestine Abkürzung seines Wohnortes, mein damaliger Chef. Die partielle Phantasielosigkeit bei der Vergabe von Decknamen oder Namen für Zielobjekte hatte mich später, als ich darüber ein bisschen gelesen hatte, immer wieder enttäuscht. *Schädling* für Hans-Joachim Schädlich, haha. Meinen *künstlerisch-literarischen Interessen* war das nicht genug. Auf der anderen Seite freute es mich, dass die Experten mir mangelnde Karriereorientierung und fehlende ideologische Festigkeit attestierten. Das war doch mal ein richtig gutes Zeugnis von der richtigen Seite.

Ich legte das Blatt weg und wunderte mich, wie wenig mich das alles heute berührte. Wie wenig das bedeutete, über dreißig Jahre danach, im Vergleich dazu, dass ich zum Beispiel den Katalog von der Macke-Ausstellung verloren habe, die ich am Tag vor dem Tod meines Vaters besucht hatte.

Immerhin witzig, dachte ich, dass mein Nachbar aus Tingeloo an seinem Arbeitsplatz schon damals auf mich gestoßen ist, auch wenn er noch nicht wusste, von wem die Rede war. Wirklich ein ganz besonderes Geburtstagsgeschenk. Und ein ganz besonderer Geburtstag. Ich hätte nie gedacht, dass ich es so lange mit fünf Anderen aushalten könnte ohne Überdruss.

34 Hirte, Engel, Ende

Nachts war ich eingekeilt in eine große Herde Suffolkschafe, die sich an mich drängelten, obwohl ich offenbar nicht ihr Hirte war, und dabei gleichzeitig stürmisch vorwärtsdrängten. Ich hatte große Mühe, den Stand zu bewahren. Auf dem Feldweg links der Weide begleitete uns ein mit zwei britischen Soldaten besetzter Jeep, wobei ich in einem von ihnen deutlich Trevor Howard in seiner Rolle als Colonel Calloway in *Der dritte Mann* erkannte. Er gestikulierte mehrmals heftig und wollte mich offenbar auffordern, die Weide zu verlassen und zu ihm zu kommen, aber das war mir nicht möglich. Die Situation wurde immer enger, bis mich plötzlich ein gewaltiger Luftzug ergriff und über die Herde erhob, wobei ich einmal umgedreht wurde. Nun wehte der Sturm mich kräftig ins Kommende, dem ich den Rücken zukehrte, und ich sah die stürmische Herde unter mir ebenso zurückbleiben wie den Jeep mit Colonel Calloway und seinem Sergeant. Der Jeep wurde stattdessen von einem Bugatti Type 55 aus den dreißiger Jahren überholt, der schnell näher kam und in dem Walter Benjamin saß und mir zuwinkte. Er formte dann mit den Händen einen Trichter und rief etwas zu mir hinauf. Ich hörte aber nur ein unartikuliertes Röhren und verstand nichts. Zudem wachte ich auf, nicht *schweißgebadet* diesmal, sondern einfach nur wütend.

»Jetzt ist Schluss!«, brüllte ich, wohl wissend, dass mich mangels Nachbarschaft niemand hören konnte. »Der Hirte des Seins, was? Der Engel der Geschichte, ja? Was soll denn noch alles kommen? Das Prinzip Hoffnung? Der universale Verblendungszusammenhang? Am Meeresufer ein Gesicht im Sand? Der Weltgeist in Reiterstiefeln, mit Peitsche selbstverständlich? Lasst mich alle in Ruhe! Ende! Aus! Vorbei!«

35 Einspruch aus der Schreibschule

Natürlich kann hier noch nicht Schluss sein. Nie mit einem Traum aufhören, das lernt man schon im ersten Semester. Oder, wie es ein Großer formuliert hat: *Weh dem, der Symbole sieht!*

36 Die Widmung

Ganz Europa leidet gegenwärtig unter dieser Hitze, nur ich spüre sie seit ein paar Tagen kaum.

Vor einer Woche kam der Brief. Wie lange er unterwegs war, weiß ich nicht; die Briefpost von Holland nach Deutschland geht manchmal merkwürdige Wege, und der Umschlag machte den Eindruck, als hätte er einige dieser Wege hinter sich.

Ich öffnete ihn vorsichtig und entnahm ihm die beiden Blätter, das eine mit der Schrift, das andere mit der Zeichnung. Der Absender des Briefes, ein Milutinović, hatte vorsichtshalber seine Amsterdamer Adresse noch einmal oben auf die Seite geschrieben. Sein Deutsch war etwas fehlerhaft, was Wunder; ich korrigiere die Fehler hier *stillschweigend* (ein *zauberhaftes* Wort, habe ich immer gefunden).

Lieber Herr Korff, die beiden Kinder, die vor Monaten bei Ihnen übernachtet haben, sind etwas später wohlbehalten hier angekommen. Sie mussten sich auf dem Weg zwar noch verstecken, haben es aber schließlich geschafft. Sie hatten meine Adresse bei sich, für den Fall, dass sie von ihren Eltern getrennt würden. Bei Ihnen haben sie sich besonders wohlgefühlt. Sie bitten um Verzeihung für die emergency care, die sie aus Ihrer Kasse entnommen haben. Sie laden Sie dafür ein, sie zu besuchen, und ich schließe mich dieser Einladung an. Seien Sie unser Gast. Die Adresse finden Sie oben. Zlatko hat Ihnen eine Zeichnung unserer kleinen Straße angefertigt.

Die *kleine Straße* in der Nähe des Nieuwmarkts kam mir bekannt vor. Ich war bestimmt bei einem meiner Besuche mit Carl hier entlanggegangen oder auch allein, weil ich dieses Quartier – ein paar beinahe stille Straßen mitten im Trubel des Zentrums – immer geliebt habe. Zlatko hatte eine unverkennbare Amsterdamer Straßenskizze hingeworfen, die dennoch nicht einfach *typisch* war und die ein Anderer zwar *so ähnlich,* aber eben nicht *so* hätte anfertigen können. *Künstlerischer Überschuss* heißt das wohl in der Theorie. Ich bin gespannt darauf, ihm beim Zeichnen zuzusehen. Ich stelle mir vor, dass er entweder sehr schnell oder unendlich langsam zeichnet. Nichts dazwischen.

Dann entdeckte ich im Giebel eines Hauses eine winzige Schrift, die ich erst nach erheblicher Anstrengung entziffern konnte. *Für Gregor* stand dort wahrhaftig. In diesem Moment stand fest, dass ich der Einladung unbedingt folgen musste.

Die Vorbereitungen sind abgeschlossen. Jeder hat einen Schlüssel: Martin, Herr Groeneveld, Uma und Hanno, und eine Kopie habe ich sogar nach Kronberg geschickt und Manuel angeboten, er könne jederzeit in meinem Zollhaus probewohnen, wenn er vom ewigen Ranglistenturnier im Taunus die Nase voll habe. Auch Uma und Hanno habe ich angeboten, es sich für ein paar Tage dort gutgehen zu lassen, aber sie haben mich darauf hingewiesen, dass es ihnen in ihrem Nest in Straelen eigentlich an nichts fehlt. Das stimmt; ich habe sie inzwischen mehrmals dort besucht.

»Aber wir werden winken kommen«, sagte Uma. »Wie lange wirst du in Amsterdam bleiben?«

»Das weiß ich noch nicht«, sagte ich. »Aber ich werde bestimmt wiederkommen. Und ihr könnt ein bisschen mehr tun als nur winken. Hört zu.«

Martin war der Erste, der da war. Ich führte ihn noch einmal durchs Haus, zeigte ihm alles, was für den Notfall wichtig war, und musste plötzlich an den Novembertag vor bald zehn Jahren denken, als er das erste Mal an meiner Haustür geklingelt hatte.

»Pass gut auf mein Zollhaus auf«, sagte ich. »Es ist ja auch immer noch deins.«

Dann kamen Uma und Hanno auf ihren Fahrrädern, schon stieg die erste Hitze auf. Ich hatte leicht gepackt, als plante ich nur einen Wochenendausflug. Hanno war ein bisschen nervös. »Wir machen eine ganz kurze Probefahrt«, beruhigte ich ihn und führte ihn hinters Haus, wo der Wagen stand. In Sichtweite gingen die Schafe ihrer Arbeit nach. Wir fuhren einmal die Straelener Straße in Granderath herunter und machten dann noch einen Abstecher am Haus des Künstlerpaars vorbei. Trotz der frühen Tageszeit saßen beide schon im Garten und frühstückten; die Hitze ließ sie wohl nicht länger schlafen.

»Lässt sich gut schalten«, sagte Hanno.

»Ihr könnt ihn natürlich haben, solange ich weg bin«, sagte ich, und er lief glutrot an vor Dankbarkeit.

Dann warf ich mein leichtes Gepäck in den Kofferraum und setzte mich auf den Beifahrersitz. Uma stieg hinten ein. Martin hob einmal die Hand, als winke er jemanden über einen Grenzübergang. In Tingeloo stand Herr Groeneveld an der Pforte seines Anwesens und winkte. Bald bogen wir ab nach Venlo. Ich nahm Uma und Hanno in den Arm, bevor ich auf den Bahnsteig verschwand. Kurz danach lief der Zug ein. Das Umsteigen in Eindhoven war problemlos. In der kleinen Straße in Amsterdam las ich nicht die Hausnummern, sondern suchte den Giebel, in den Zlatko seine Widmung geschrieben hatte. Dann drückte ich die Klingel.

Aus unserem Verlagsprogramm

Jochen Schimmang
DAS BESTE, WAS WIR HATTEN / Roman
Originalausgabe / Gebunden / 320 Seiten / ISBN 978-3-89401-598-5
»Wie die unbehausten Glückssucher seiner Bücher in der Liebe, im Leben und an der Politik scheitern – das ist bei dem Erzähler Jochen Schimmang immer auch eine Geschichte unserer Mentalitäten, Sehnsüchte und Irrtümer.« Holger Schlodder, *NDR Kultur*

Jochen Schimmang
NEUE MITTE / Roman
Originalausgabe / Gebunden / 256 Seiten / ISBN 978-3-89401-741-5
»Schimmang setzt der Realität seines Bonn-Romans die schwarze Utopie eines Zukunfts-Berlins entgegen – und trifft damit erstaunlich oft unsere Gegenwart.« *buchjournal*

Jochen Schimmang
DER SCHÖNE VOGEL PHÖNIX / Roman
Neuauflage mit einem Nachwort von Helmut Lethen
Broschur / 352 Seiten / ISBN 978-3-89401-780-4
Davon träumt der junge Murnau Ende der 60er Jahre in Berlin: unverzichtbar zu sein in dieser Zeit. *Der schöne Vogel Phönix*, Schimmangs literarisches Debüt von 1979, ist ein Roman, der das Leben seines jungen Helden im Alter von fünfzehn bis dreißig Jahren erzählt, eine sehr individuelle Geschichte, die gleichzeitig eine extrem kollektive ist.

Jochen Schimmang
GRENZEN RÄNDER NIEMANDSLÄNDER / 51 Geländegänge
Originalausgabe / Gebunden / 160 Seiten / ISBN 978-3-89401-798-9
»An den Rändern, in den Niemandsländern, lauerte ein Glück, das ich, selbst wenn ich gewollt hätte, mit niemandem hätte teilen können.«
Grenzen Ränder Niemandsländer ist eine persönliche Kulturgeschichte des Verschwindens und des Verstecks sowie eine Poetik des Reisens.

www.edition-nautilus.de

Aus unserem Verlagsprogramm

Shumona Sinha
ERSCHLAGT DIE ARMEN! / Roman
Dt. Erstausgabe / Gebunden / 128 Seiten / ISBN 978-3-89401-820-7
Der preisgekrönte Roman aus Frankreich stellt aufrüttelnde Fragen zu Identität und Zusammenleben in einer globalisierten Welt und erzählt in verstörend schönen Bildern von der Unlebbarkeit des Asylsystems.
»Ein großartiger Roman, bilderreich, aggressiv, witzig und hochintelligent.« Alex Rühle, *Süddeutsche Zeitung*

Marie Malcovati
NACH ALLEM, WAS ICH BEINAHE FÜR DICH GETAN HÄTTE
Roman
Originalausgabe / Gebunden / 128 Seiten / ISBN 978-3-89401-827-6
Auf dem Bahnhof in Basel treffen drei verlorene Seelen aufeinander: Ein Mann in einem römischen Legionärskostüm sitzt stundenlang neben einer Geschäftsfrau. Schweigend. Irgendwann schenkt er ihr einen Lavendelstrauch im Topf. Was geht da vor sich, fragt sich der Polizist Marotti, der die beiden über die Überwachungskameras beobachtet. Immer stärker wird sein Wunsch, sie mögen miteinander sprechen … Mit Ironie und klugen Beobachtungen erzählt Marie Malcovati diese Dreiecksgeschichte mit toten Winkeln und unerwarteten Wendungen.

Sven Recker
KRUME KNOCK OUT / Roman
Originalausgabe / Gebunden / 112 Seiten / ISBN 978-3-89401-821-4
Wer ins Paradies will, muss erst einmal am Leben vorbei.
Krume Knock Out zeichnet sprachlich kunstvoll und teils mit drastischer Komik die stolpernden Schritte von neun Menschen nach, von denen jeder an seinem eigenen Abgrund steht und zwischen seinen Träumen und den Parolen der Leistungs- und Konsumgesellschaft nach einem gangbaren Weg sucht:
»Stell dir vor, du bist ein Elefant und willst fliegen.«

www.edition-nautilus.de